一阵风的美丽

牧徐徐◎著

THE BEAUTY OF A BREEZE

《读者》签约作家美文合集

青春馆

QING CHUN GUAN

哈尔滨出版社
HARBIN PUBLISHING HOUSE

图书在版编目（CIP）数据

一阵风的美丽 / 牧徐徐著.—哈尔滨：哈尔滨出版社，2018.4

（《读者》签约作家美文合集. 青春馆）

ISBN 978-7-5484-3813-7

Ⅰ.①一…　Ⅱ.①牧…　Ⅲ.①散文集-中国-当代　Ⅳ.①I267

中国版本图书馆CIP数据核字（2017）第304830号

书　　名：一阵风的美丽

作　　者： 牧徐徐　著

责任编辑： 杨浥新　李维娜

责任审校： 李　战

封面设计： Amber Design 琥珀视觉

出版发行： 哈尔滨出版社（Harbin Publishing House）

社　　址： 哈尔滨市松北区世坤路738号9号楼　　**邮编：** 150028

经　　销： 全国新华书店

印　　刷： 哈尔滨市石桥印务有限公司

网　　址： www.hrbcbs.com　　www.mifengniao.com

E-mail： hrbcbs@yeah.net

编辑版权热线：（0451）87900271　87900272

销售热线：（0451）87900202　87900203

邮购热线： 4006900345　（0451）87900345　87900256

开　　本： 787mm×1092mm　1/16　**印张：** 12　**字数：** 160千字

版　　次： 2018年4月第1版

印　　次： 2018年4月第1次印刷

书　　号： ISBN 978-7-5484-3813-7

定　　价： 29.80元

目录

contents

第一辑 你的奔跑地点选对了吗

第二辑 努力不够是因为痛得不够

第四辑 到此请放慢速度

第一辑 你的奔跑地点选对了吗

有则爱情故事，价值39亿美元

1978年，年轻貌美性感的英国女孩格里蕾来到美国旧金山度假，一天，在游泳时，穿着泳衣的格里蕾，突然无意间发现不远处有一个男孩正在偷看她，双眼紧盯着自己凹凸有致的胸部，一刻也不挪开。

羞红了脸的格里蕾有点儿生气，觉得这个不礼貌的男孩对她很不尊重，于是便赶紧起身逃开了。可没想到，第二天格里蕾再次下水游泳时，昨天的那个男孩又出现了，还是直直地盯着她的胸部看。这下可惹火了格里蕾，于是她便生气地朝那个“色狼”走过去，责问他为什么要一直盯着自己看。

面对格里蕾的责问，这个叫雷蒙德的男孩也一下子羞红了脸，接着吞吞吐吐地解释开了。原来，雷蒙德是一位刚从校园里出来的加拿大时尚设计师，他打算跟母亲在旧金山开一家女士内衣店，但一时又不知道该设计和经营什么款式和品牌的内衣才能赢得爱美女士们的青睐。恰在此时，雷蒙德无意间看到格里蕾游泳时所穿的内衣，顿时觉得太美、太性感了，完全就是他所要找的。但由于怕羞，雷蒙德又不敢直接走上去问格里蕾关于内衣的事情，只好远远地偷看，想趁机将格里蕾的内衣素描下来，回去按样定做。

听完雷蒙德的解释后，格里蕾稍稍松了一口气，看到格里蕾不再生气了，雷蒙德赶紧问道：“能告诉我，它是什么品牌，是从什么地方买来的吗？”格里蕾脸上顿时泛出少女特有的羞涩和骄傲，红着脸说：“想不起来了，这个是秘密！”

秘密，女孩的内衣不就是一个永远都打不开的秘密吗？雷蒙德突然有了灵感，就叫它“秘密”吧！为了表达谢意，雷蒙德主动邀请格里蕾吃饭，如此一来一往，短短几天的相处，两个人便有了相见恨晚的感觉，一下坠入爱河。但是格里蕾却没有告诉雷蒙德自己已经订婚，并且马上就要结婚的事实。

眼看着假期就要过去了，为了不让雷蒙德伤心，在一个夜里，格里蕾偷偷地走了。

回国后不久，格里蕾便在父母的安排下成了婚，但是婚后的她并没感觉到幸福，相反，随着时间的推移，她对雷蒙德的思念与日俱增，同时也为自己的不辞而别而后悔。最终，婚后的第二年，格里蕾便离了婚。然后回到旧金山，她要找到雷蒙德！

可是，此时的雷蒙德却如同一阵风，消失地无影无踪，任凭格里蕾找了多少地方，问了多少人，依然是杳无音讯。

为了营生，格里蕾只得暂时应聘到旧金山的一家内衣公司上班，想一边工作，一边继续寻找雷蒙德。时光飞逝，很快三年就过去了，雷蒙德依旧没有任何消息，但格里蕾却因为出色的业绩荣升为内衣公司的市场部经理。

有一天， 格里蕾突然收到一个从加拿大维多利亚城邮寄过来的包裹，打开一看，里面的东西令格里蕾大为惊讶，原来是一件内衣，而且跟她多年前与雷蒙德初识时穿的那件一模一样！

显然，这跟雷蒙德有着密切的关系，兴奋的格里蕾按照包裹上的地址，迅速赶到加拿大的维多利亚城，然而迎接她的却是一位白发苍苍的老妇人——雷蒙德的母亲。

接下来，在雷蒙德母亲缓缓的讲述中，所有关于雷蒙德的迷雾都在格里蕾的面前一一被揭开。

原来，自从格里蕾不辞而别后，雷蒙德就开始疯了似的到处寻她，全然不顾他和母亲本来还要筹开一家内衣店的计划。整整寻找了一年，雷蒙德依然毫无收获，却在此时不幸遭遇到了一场车祸，双腿被压断，此后的雷蒙德便开始一蹶不振，再也不去寻找格里蕾了，回到加拿大后开始整天借酒浇愁，没有一点儿生活的激情和好好儿活下去的欲望。

直到有一天，雷蒙德无意间在自己床头下面翻到了一张内衣的素描，随后，他便如同注了一剂兴奋剂，突然恢复了生机，他开始顶着严寒，整个冬天都在发疯地对照着素描自己制作内衣，三个月后，当那件内衣完美地呈现出来时，雷蒙德也一下子病倒了，再也没能起来。临终前，他反复交代母亲，一定要想方设法把那件内衣交到格里蕾的手上，如果她还活着的话……

带着雷蒙德生前为自己制作好的那件内衣，悲伤的格里蕾重新返回美国，并且从原先的内衣公司辞了职，独立经营起一家属于自己的内衣店，店里所售的内衣都是雷蒙德设计的那种，所有的内衣都有一个相同的名字——维多利亚的秘密。

不错，它就是今天全球著名内衣品牌“维多利亚的秘密”，它是一个让美国女性趋之若鹜的内衣品牌，全美100位30岁以下的女性之中，就有50位女性至少拥有一件维多利亚的秘密，今天，维多利亚的秘密仅在美国各地的连锁专卖店就已超过1 000家，销售利润累计高达39亿美元。

如果得不到她的音讯，不能和她在一起，那就为她赶制一件贴心的内衣吧，因为任何一个女人都想接受到一份来自恋人最贴心的秘密关爱，它承载着对方对自己至死不渝的守护。

是格里蕾和雷蒙德感人的爱情故事让维多利亚的秘密具有永恒的秘密，吸引着众多忠实女性消费者，从这个角度上讲，这个故事价值连城，永久不死，且每天都在增值。

在飞机上卖房子

春秋航空公司2010年的财务报表显示，该公司2010年的盈利总额高达2400万美元。这让外界大为不解，因为作为中国唯一一家廉价民营航空公司，春秋航空堪称是中国版的“西南航空”，其飞机票的价格低得甚至有些令人无法相信，怎么不亏反赚了？比如从上海到西安、杭州、长沙、大连等地的票价是99元起，从上海到广州、深圳等地则是199元起，如果订到特价机票，则价格更低。旅客平均每次只要花上260元人民币，就可能买到一张春秋航空飞往全国各地的机票。“飞机的享受，汽车的票价，让更多的普通大众能坐得起飞机”一直是春秋航空打出的宣传口号，低廉的票价让许多本来选择坐汽车和火车出行的旅客最后转而选择了春秋航空。

再回到外界的不解上来，春秋航空的票价如此低廉，按理说，乘客越多，飞的班次越多，亏损就会越多，为什么他们反而盈利了2400万美元？春秋航空到底凭什么盈利的呢？

在春秋航空看来，低票价只是为了把更多的旅客吸引过来，因为他们明白，只要你上了春秋航空的飞机，接下来的许多事情便好做了。他们独特的售卖商品的策略便也从旅客登上飞机的那一刻起，正式展开来——

首先，飞机上的乘务员们开始推着车子卖饮料和点心。本来旅客们都认为飞机上是会提供免费饮料和点心的，结果一上飞机发现没有，想要，得掏钱包买。刚开始旅客们会有一种上当受骗的感觉，但转念一想，如此低廉的票价，不提供饮料和点心也属正常。况且之前他们也没说有，都是自己认为的，于是也就作罢了。于是，春秋航空的第一笔盈利生意便做成了。

其次，飞机上通过小电视开始播放各种商品的宣传广告，其模式跟楼宇电视差不多。你不听也得听，不看也得看，除非你从飞机上跳下去。当然，这些广告春秋航空也不是白替广告主们做的，得收费。这样，第二笔盈利的生意便也做成了。

紧接着，春秋航空又把飞机上座位之间的过道租给一些模特公司，飞机一起飞，一个个靓丽养眼的女模特，便开始在走廊里走起了猫步，推销各种皮包、背包、箱包。

接着，所卖商品的档次继续升级——卖汽车。每天春秋航空都会在飞机上推出一款汽车，因为节省了大笔的广告和场地展示的投入，车的售价比市场价优惠很多，而且还可以刷卡。下了飞机，就再也没有这个价格了，因此很受欢迎。

更离谱的是，春秋航空还在飞机上卖房子。他们通过自己的渠道和品牌，常常能把一个新楼盘里最好的若干套房子拿到手中，然后称，某某楼盘最佳的房型和位置朝向，今天你只要付8万元的订金，就能实际充当10万元的房款，只有在春秋航空才能享受到。此外，飞机上的小电视开始不停地展示该楼盘的效果风景图，你想不动心都不行。

当主业务已经无法盈利时，春秋航空便智慧地从主流的边际着手，创造了一种叫边际经济的文化，做了第一个吃螃蟹的人，从而让自己从竞争惨烈的民航运输竞争中脱颖而出。

一张价值20亿美元的“塑胶牌”

随着民用航空市场竞争日益加剧，如今国际上许多民营航空公司的年利润率只有7%—8%，有的甚至是亏损或负债经营。但有一家却例外，它的年利润率每年都不低于14%，且连续30年持续盈利。它就是以短途运输为主业的美国西南航空公司，号称商务人士的“空中巴士”。

而促使西南航空公司多年立于不败之地的最大功臣则是一张小小的塑料卡片——独特的西南航空“塑胶牌”。

坐过飞机的人都知道，当你进入机场要乘坐飞机时，首先要拿着机票和自己的身份证件到地勤的柜台前领一张纸质登机卡，这张登机卡上有你乘坐的航班、入口号以及座位号等信息，最后，你还需要在登机口处让地勤人员扫描登机卡，扫描过后的登机卡会被分成两半，其中一半由你带着去登机。

西南航空公司却不这么做——它没有纸质登机卡，只有一张塑胶牌，牌上除了有从1到40的阿拉伯数字外，再无其他信息。

如果你打算乘坐西南航空公司的飞机，第一个来的，就拿1号，第二个就拿2号，依此类推。等乘客上了飞机，塑胶牌又被统一收回来，留给下一班乘客继续使用。

如果你觉得，把纸质的登机卡换成可回收使用的塑胶牌只是省下少许的购买纸张和油墨耗材的费用，意义不大，那么你就大错特错了。仅仅是这一小小的变换，每年就能为西南航空公司节省和创造20亿美元的价值。

原来，西南航空公司不仅仅从换登机卡这个价值点来思考问题，而是从这个价值点所能带动的整个价值链来思考。

首先，把纸质的登机牌换成可以反复使用的塑胶牌，可以不必购买打印机、扫描仪、电脑和各种连接线，建立内部网络系统。这不仅仅节省下购买这些设备的钱，以及建立网络系统的钱，更重要的是节省了一大笔维护和维修成本。

其次，就是保持飞机能准时起降。换成有先后顺序号码的塑胶牌，飞机上的座位不指定，谁先上去谁就能坐自己满意的好座位，这就使得乘客们争先恐后排队上机占座位，不再出现像其他航空公司那样乘客买了票后，在机场附近到处闲逛，导致机场需不断广播找人的情况，极大节省了催人找人的麻烦和成本。

而且按号码顺序登机非常公平，早去的早拿牌，早排队，早登机。这项举措也保证了西南航空公司在所有的航空公司中起降最准时，从飞机降落到再次起飞，一般只需要15分钟，真正做到了把飞机当成大巴用。而对于商务人士来说，最重要的恰恰就是准时，西南航空正好满足了他们的这项需求，因而大受欢迎。

最后，保证了飞机的飞行时数高、效率高以及飞行员的使用率高，由于飞机很少被耽搁和误点，因此飞机和飞行员以及空服人员很少有等待和闲置的情况，这极大提高了人员的使用效率。

同时，由于飞机都是非常准时的，因此很少有乘客对西南航空公司不满，投诉他们，这就使得西南航空公司很少对乘客进行赔偿，机上的工作团队士气也就一直保持高涨。而不像其他航空公司因为各种投诉多，导致员工士气不足，常需要投入巨大的培训成本。

另外，不得不提的是，西南航空公司之所以敢到了时间就起飞，不等乘客，也是因为这张塑胶牌的功劳，因为航空法明确规定，只要乘客拿到了登机牌，飞机就必须要等乘客。但西南航空公司发给乘客的是塑胶牌，不是登机牌，因此完全可以不等不准时的乘客，法律也无法追究他们的责任。

从一个价值点延伸到整条价值链，西南航空公司立足全局，从整体考虑，从而达到“盈利”的目的，让自己始终处于不败之地！

快递业老大在做什么

“快而准”曾一度是UPS的核心竞争力，这也是外界认为UPS之所以能当上快递业老大的原因。然而，UPS自己却不是这样认为的，他们说，那已经不足以代表UPS了，他们的未来是高度的协调力和帮客户解决问题的能力。

从进入21世纪的那天起，UPS就在偷偷做一件事情——把自己打造成全球一流的一站式供应链解决方案的供应商，而不仅仅是一个货物包裹的承运商！目的只有一个，帮助客户降低物流成本。

UPS一直在分析，客户的货物早上到和下午到，其重要性有什么不同；客户每年的出货计划如何；未来的物流发展又是怎样的等问题。通过探究，他们发现很多问题，于是便着手研究解决这些问题的方案，并最终在2003年出台了自己的物流运输配送分析系统，帮助客户实现最优化的物流运输。比如，一个集装箱的衣服，客户需要在半个月时间内，从中国温州运送到美国纽约，假如让一家快速公司来送，他们会动用飞机，一到两天便能送到，但是成本太高。如果用一家通过海路运输的物流公司，成本会很低，但是路上所耗的时间又太多，无法达到两全齐美。UPS发现了这个问题，立即研究出解决的方案，他们会根据客户的需求，用海陆空联运的方式，在不同的路段选用不同的运输方式，这样不但能保证准时到达，而且能极大降低客户的物流费用。

为了给客户提供解决问题的方案，除了物流运输配送分析系统外，UPS还建立起了一整套的其他系统，组建起完成这道系统的五大分公司。

第一个是物流公司，任务是帮助客户设计物流的位置、分布点，以及在货物运输前如何设计和码放货物，以便更好地帮助他们提高物流的速度和效率，减少物流成本。

第二是理财公司，帮助中小企业实现全球贸易化理财计划。UPS利用自身在世界各地都有渠道和资源的优势，提供担保，帮助跨国企业快速实现异国贷款和融资。

第三是运输公司，通过海陆空一站式的物流服务，帮客户以最佳的形式运输货物，保证既准时又能节约费用。同时，还让客户能随时跟踪到货物。

第四是清关服务公司，专门帮助客户提高货物过境信息流和资金流的速度，以避免因为手续不全和信息不对称而耽误货物的正常过境。

第五是维修配件公司，如果客户的设备出问题了，比如某个配件坏了，UPS可以利用它在全球都有分点的优势，帮客户把配件快速进口过来，同时负责帮客户安装和修理。

通过组建五个多元化的公司，UPS成功地建立起供应链方案的解决系统，最终达到帮助客户实现全球贸易一体化和同步化。

国际的大宗物流隔月到达，曾是UPS的竞争核心，服务客户则是其次，以体现它的快的核心优势。但是如今，服务客户，帮助他们解决供应链上的问题则变成UPS的核心，即全力帮客户提供解决方案。之所以发生如此大的转变，是因为在UPS看来，前者迟早会被对手赶上甚至超越，但后者却难以超越，这样就让他们提前摆脱了快递业同质化价格竞争的泥潭！同时也让客户永远离不开它。

把玉米“圈进”财富里

在美国亚特兰大北部的一个乡村里，有一名叫约翰·凯恩的农民，多年来，约翰·凯恩一直继承家族的传统，靠种植玉米为生。但由于玉米在美国是一种极其廉价的农作物，因此很难卖出一个好价钱，所以虽然约翰·凯恩非常勤奋地耕耘着家中的十几亩玉米地，但也仅仅是养家糊口而已，无法因此而过上富足的生活。

后来，约翰·凯恩的儿子小约翰从学校毕业后，也加入到种玉米之中来，帮父亲一起耕种玉米地。有一次，他们从外面请来了24名工人来给玉米地锄草，其间，天突然下起了大雨，结果把24名工人全困在郁郁葱葱、半人高的玉米地里，原来是因为十几亩的玉米种得错综复杂，第一次来这里干活的工人根本找不到出口，直到约翰父子把他们一一领了出来。

这件小事一下子触动了小约翰，他从中看出了一个致富的新商机。接下来，小约翰到城里请回来了几个美术和植物园艺剪裁高手，让他们帮自己在玉米地里设计出和剪裁出一个个大的玉米“怪圈”迷宫。

当这个绿色的迷宫被设计好后，约翰父子又邀请城里的游客来玉米迷宫里参加捉迷藏和寻找出口的游戏，并且适当从中收取一些费用。

很快，这一新型的、放在大自然中的娱乐游戏大受人们的欢迎，前来感受玉米怪圈迷宫神奇魅力的游客越来越多。如今每年约翰家的玉米地接待的游客达15 000多名，由此他们也从中大赚了一笔，其收入比之前单纯卖玉米要多出无数倍。

无独有偶，在埃及有一个村庄，由于地处偏僻，资源贫乏，而且文盲众多，因此多年来一直是埃及最贫困的村庄之一。虽然一届一届的村主任也都是想尽办法脱贫致富，但最终都是因为没有什么有效的招数而不了了之。因此，当其他的村落都一个个先后发展起来了，这个村庄的面貌依然还是跟几千年前的古埃及村庄一样，贫穷而落后。

后来，一位“空降”过来的村主任，突发奇想，他认为，既然他们现在的村庄和很多年的古埃及村庄基本一样，那么就干脆在贫穷落后上做足文章，打造出一个现实版、活着的“古埃及村庄”，这样一定会吸引不少人过来参观旅游，贫穷落后也是一种文化旅游资源。

于是，村主任开始带领村民在原有的基础上，把村里所有的房屋都改建成古代埃及时的模样，之后，村主任又精心挑选了250名村民，让他们入住改造后的“古埃及村庄”，并将他们的生活全都“古埃及化”，让他们完全按照几千年前埃及人的穿着打扮和生产生活劳动，每天都牵着牛羊出去干活，拉磨。

同时村主任还请来了植物学专家，在他们的帮助下，重新恢复了在埃及灭绝了1 900多年的纸草的种植，并且让这些纸草成为埃及传统手编制工艺品的原料，仅这一项就为近万人提供了就业和工作的机会。

“活着的古埃及村落，最原始、最原汁原味的古埃及文明”，这样的宣传口号一下子吸引了众多外来旅游者，人们纷纷从世界各地赶过来，目的就是来看看作为人类历史上最为古老民族的古埃及人，到底是每天怎么生活的。

而其他村民则负责后勤保障工作，为游客们提供餐饮、住宿等服务，或者推销旅游纪念品。

仅仅用了一年的时间，这个村落就发生了翻天覆地的变化，旅游收入让他们的腰包鼓了起来，彻底脱贫了。

从单纯的种玉米到打造玉米绿色迷宫，从始终如一的守贫到“因贫”利导的古埃及村落，思维观念的转变带来的是令人惊叹的美好结果。而这一切仅仅是需要做到玉米不当玉米卖，贫穷不当贫穷看，而是设法将它们“圈进”财富里。

金牌销售员如此炼成

中国营销组织绩效管理专家、北京康普森管理顾问集团董事长贾长松，近日为本市企业家进行培训讲座，其间他提到自己公司里有一名员工，光每月推销培训讲座光盘的提成收入就可达15万元，他的一套营销策略令人深思。

据介绍，这名员工叫王冰伟，在康普森公司是一个普通的业务员，平时主要是靠向企业家们推销公司董事长贾长松的培训讲座光盘来增加收入。

由于康普森公司没有出差补助和报销，公司里的其他员工去外地拜访企业家，推销光盘时，大都选择先坐长途车，等到达目的地后，再打的一家家去跑，这样比较省钱。而王冰伟的做法则完全是另一种方式——每次出门，他都会包一辆出租车，让其一个月都跟着自己，费用9 000元人民币。过路费、吃喝住宿都不需要司机付。然后，王冰伟会将车后备箱里全塞进光盘，指挥出租车司机开始挨个上门推销。这样大大节省了时间，非常高效。

由于长得比较憨厚，胖胖的，当对方问他培训光盘能否打折时，王冰伟总是一副摇摇头、笑呵呵的模样，既不解释为什么不能打折的原因，也不阻止别人打折的要求，因为在他看来，好的东西是不会打折的，打折了表明你的产品还会有更大的打折空间和利润。

本着没死就跟着的原则，每晚回到住处，王冰伟就会按照ABCD四种分类，分别给处于不同销售阶段的企业家们发短信，短信内容可以是温馨的提醒，比如：李总，你有很久没有陪你的孩子和家人聊天了吧！抽点儿时间，给他们一点儿关心，他们需要你。也可以是关怀的提示，如：王总，听说你明天要去东北出差，那天天冷，多带点儿衣服……类似这样的短信很多，在王冰伟看来，“你可以不买我的产品，但你不能拒绝我对你的关怀”，一切营销都是为了爱！

更妙的是，当贾老师有公开培训讲座时，王冰伟就会请一些企业家去看。有企业家就说，听课费太贵了，暂时财务预支不出来钱。王冰伟便会说，没事，我先给你垫着，什么时候还我都行。

等企业家去听课时，王冰伟便把红牛饮料、牛奶、糕点和水果都放进企业家的房间里，好让他们中途休息时，一回到房间里就能及时补充能量。

企业家在听课时，王冰伟也不会闲着，而是给企业家照相，为此，他还专门买了一台2万多块钱的数码相机。课间休息的时候，他还说服贾长松，让他和企业家合影。他还会在一旁认真地记录培训讲课的内容，整个课程一结束，他便把自己整理好的讲课内容，用相当高级的纸张打印出来，设计装裱好后，再送给听课的企业家。

几天后，王冰伟还会自费花掉近千元的费用，将企业家和贾长松的合影放大，再用很上档次的水晶或者橡木框将其装裱起来，然后送进企业家的办公室。

同时，王冰伟还送上贾老师上课时的现场录像，好让企业家在自己的公司内部放映。

最后，王冰伟还将企业家要请教的管理营销疑问要过来，然后汇总后发给贾老师，等到贾老师回复后将送给企业家，同时告知贾老师下一次培训讲座的时间和地点，提醒他有空去听。

由于这一系列的做法，融入了关心、爱和直至心底的感动，让企业家们对王冰伟的感觉开始越来越好，不仅不再拒绝他，而且转而和他成了好朋友，纷纷把他介绍给身边的其他企业家朋友和合作方，进而平均每个月仅仅销售掉的光盘提成就能达到15万。

最后，贾长松在讲座中称，在康普森公司，每个月提成300元、500元、800元的业务员太多了，他们跟王冰伟的差距之大的根本原因是，他们不懂得如何去改变客户挑剔的眼光，赢得他们的爱和信任。

电话号码保密的旅行社

如果我告诉你，在这个世界上，有一家旅行社不仅不需要做广告，甚至都不对外公布自己的电话号码，你一定不会相信，因为不公布电话号码，就意味着顾客无法找到它，那么还能有生意做吗？然而，这家旅行社却的的确确存在，它就是位于美国纽约市的费舍尔旅行社——一家专门为好莱坞明星、体育大腕、商界大亨等“多金女”、“钻石男”以及年轻的美国“富二代”们提供秘密旅行代理的旅行社。

费舍尔旅行社成立于2003年3月，创办者是一位叫比尔的年轻男子，在创办费舍尔旅行社之前，比尔只是一个上班族，每天过着从公司到家两点一线的平淡生活，他一直想改变这一状态，试图有一番属于自己的事业，但是却苦于一无资金，二无好的致富路子。

一次很偶然的机会，比尔在电视上看到一档好莱坞明星访谈的节目，在这档节目中，女明星向主持人大倒被狗仔队跟踪、偷拍的苦水。比尔灵机一动，如果自己能创办一家公司，专门为不喜欢抛头露面的名人们提供服务，一定会受欢迎，而且还不需要太大的投资。

说干就干，比尔果断地从原先的单位辞了职，然后创办起费舍尔旅行社，费舍尔旅行社每天提供24小时的电话和寻呼服务，员工会随时等候顾客的电话差遣，直到提供了你完全满意的服务为止。费舍尔最基本的服务是帮助你预订出行的飞机票、私密豪华的火车VIP包厢以及旅行下榻的高级酒店旅馆和总统套房。无论多么难买的飞机票或多么炙手可热的酒店旅馆，比尔的费舍尔旅行社都能帮你在第一时间搞定，以确保你随时随地想走就能走，到达目的地时都能轻易地住进自己中意的酒店旅馆或总统套房。

更重要的是，比尔还让这一切对外都是高度保密的，因此没有任何狗仔队或追星族能得知您的行踪，从而对你展开“围追堵截”，打乱你出行的好心情。

除了为你安排出行所需的飞机票和住宿外，费舍尔旅行社还能为你提供你所想要的其他所有增值便利服务。比如，曾有一位好莱坞女明星，有一次在出行的路上，开的车出现了问题，一怒之下，她打电话给费舍尔旅行社，让他们马上给她代购来一辆新的法拉利跑车。结果，仅仅两小时后，比尔就让一辆崭新的红色法拉利跑车出现在这位女明星的眼前，让其无比满意。

此外，费舍尔旅行社还帮助女明星和商界钻石男们去专卖店选购他们指定品牌的香水、包包、首饰，甚至是某个型号的内衣内裤和袜子，费舍尔旅行社乐意全心服务，他们从不对自己的顾客说：“这个我们目前还做不到。”

由于费舍尔旅行社的全权代劳，让美国上流社会许多不想在公众面前抛头露面的富人们，少了很多麻烦，正是因为如此，费舍尔旅行社目前在美国上层社会有100多人的稳定长期会员，当然，成为他们会员的条件是，不管你需不需要费舍尔为你提供服务，每年你都需要支付两万美元的固定费用，或叫作年费，如果需要提供其他额外服务，那么费用则另行计算。此外，一旦成为费舍尔的会员，你则必须签订下永不对外泄露旅行社号码的协议，哪怕是向你身边最亲的人，因为这是美国上流富人社会的最高机密，一旦泄露，赔偿金将高得难以想象。

美国一家著名电视台的一个栏目摄制组曾花了整整三个月的时间，通过各种渠道和手段，打听费舍尔的电话号码，但最终还是无果而终，没能弄到，最后只好作罢，他们为此自嘲道，看来我们离上流社会还很远很远。

比尔称，严格保密就是怕费舍尔有太多的顾客，从而降低服务质量，对于费舍尔来说，它的会员不能泛滥，必须得有个层次线——你得是美国上流社会的超级富豪或名人。

现在，比尔已经拥有千万财富，成为了一个大老板，而这一切都是他用智慧网住财富的结果。

流动餐车上“开微博”

瓦洛克是美国洛杉矶一家四星级饭店的大厨，他制作的好几道菜都是这家饭店的招牌菜，虽然每月有着不菲的收入，但是瓦洛克似乎对此并不十分满意，他一心想着自己创业开家饭店当老板，不再替别人打工。

可是，要想开一家饭店，首先必须拥有足够的资金和店面，而这恰恰又是他所不具备的——虽然他的收入不错，但是跟高额的店面租金费相比，还是远远不够的。

因此，瓦洛克只能一边暂时上着班，一边留心寻找一个不需要太多资金的创业项目，希望能有所收获。

果然是印证了那句俗话——机会总是留给那些有准备的人，通过留心观察，瓦洛克发现，有一些经常到他所在饭店里吃饭的顾客常向他抱怨，称他们非常喜欢由瓦洛克做出来的特色招牌菜，但是，这些菜却在外面其他地方很难吃到，要想吃必须要进到这家饭店，有时还要从很远的地方乘车过来，不仅非常麻烦，而且花费还大，如果自己能方便地在街头随时随地买到这些招牌菜，那该多好啊。

说者无心，听者有意，瓦洛克很快联想到，在洛杉矶的街头存在了多年的各式“流动餐车”，它们基本上是给一些建筑工地输送一些诸如玉米烙、汉堡等廉价的食品，利润也很薄，所以虽然存在多年，但并没有做大做强。如果自己也组建起一个类似的流动餐车，但不卖那些廉价食品，而是专门出售些各大饭店里受食客欢迎的名菜、招牌菜，岂能不受人们的欢迎？

主意一定，说干就干，瓦洛克很快辞掉了饭店里的工作，用多年积攒起来的钱购买了一个流动餐车，全心全意地经营起了自己的街头外卖事业，他将洛杉矶甚至是全美各式各样的名菜都搬到了餐车里，由于考虑到洛杉矶是一个世界型的城市，有许多外国人，瓦洛克又在餐车里加入了一些外国名小吃，如韩式风味烧烤，日本料理和中国四川麻辣串。为了吸引人们的视线，瓦洛克还将餐车的外表进行了一番艺术式的“涂鸦”，画上各种造型奇特的动物卡通形象。

购买方便，而且价格还比饭店里的便宜，瓦洛克的流动餐车一经推出，果然是大受人们的欢迎。为了招揽年轻的消费者，瓦洛克每天还通过博客发布流动餐车的沿街路线图，同时通过微博及时通报自己所在的位置，比如几点几点到达某个地段，提前或者推后，他都随时通过微博来告知顾客。

微博发表信息的快捷和及时性，一下吸引了更多的洛杉矶食客，一些年轻的食客甚至成了瓦洛克的忠实“粉丝”，他们开始疯狂追捧瓦洛克的流动餐车，帮他在网上免费宣传。

如今瓦洛克在洛杉矶已经有四辆流动餐车了，第一年的营业额就达到了三百多万美元。看到瓦洛克的生意如此红火，美国越来越多的大饭店主动找到了瓦洛克，寻求与他进行合作或加盟，让他帮着外卖自己的招牌美食，如今昔日的厨师瓦洛克，俨然已经是一个成功的大老板，实现了自己多年的创业梦想！

空手也能“套真金”

你想不想把家里或者办公室变成一个小型的艺术博览馆？里面挂放着一幅幅、一件件价值连城的名家字画和古董文物，让它们时刻都陪伴在你的周围，使你感到荣耀和自豪。也许你会大呼这绝不可能，没有人会做到这一点，除非他富可敌国！

然而，英国有一名叫伊恩的男子，将这个“不可能”变成了自己的事业，并从中赚得一大笔财富。

伊恩本是英国一家工厂的一名普通产业工人，由于受全球金融危机的影响，工厂效益直线下降，最终迫使伊恩不得不下岗在家。

伊恩平常爱逛博物馆，如今，赋闲在家自然更成了博物馆的常客。但一段时间后，伊恩便发现博物馆里的展品太有限了，不够自己看的，于是他向工作人员表达了不满，希望能及时更新。

这位工作人员告诉他，博物馆的艺术品很多，但不能全都展示出来。许多艺术品深藏在仓库里，从没有被展示过。由于它们都属国家所有，又不能出售。

伊恩灵机一动，他想，如果自己让这些深藏在仓库里的艺术品租赁出去，最后“完璧归赵”，还能给博物馆带来收益，结果会如何？于是，伊恩主动找到了这家博物馆的馆长，说明了自己的来意。馆长想，这些艺术品跟其他商品不一样，不会因为出租而贬值，相反还会被更多的人知晓而增值！于是便答应了。

接下来，伊恩要做的便是寻找到一些愿意花钱租赁这些艺术品的人——

一些有艺术偏好的“多金男”或“富贵女”。伊恩首先将博物馆里同意租赁出去的艺术品发到网站上，供爱好艺术品的百万富翁挑选下单，接到订单后，伊恩便会在指定的时间里将艺术品送到位。一件价值300万的艺术品一个月的租赁费是800美元，而一件7 500万的艺术品的租赁费则是2 000美元。伊恩收取1%的保证金。

伊恩的租赁业务一经推出便大受欢迎，很快，艺术大师的几百幅名画，以及一些从海洋宫殿里来的珍稀陶罐、玉器、翡翠等纷纷被租赁走，挂放于富翁们的家里、办公室甚至是私人游船上。这些平时难得一见的艺术品让他们觉得很有“面子”，他们会向自己的客户或朋友炫耀。如果觉得每天都看同一幅画或陶罐有些厌倦了，没有关系，可以更换或者缩短租赁期。

为了保证动辄百万千万艺术品的安全性，伊恩给每件艺术品上了保险。每出租一次艺术品，伊恩都请来专门的包装工人精心包装，然后再由无任何特别标志的普通卡车运输出去，至今尚无一例丢失或者被盗。

这个独特的创富创意，让伊恩从中收获了400多万美元，与其他百万富翁不同的是，伊恩完全是白手起家，空手“套”来一大笔真金白银，而“套”的工具便是自己智慧而富有创意的头脑！

麦当劳为何高价收购“生菜叶”

作为全球知名的大型连锁快餐集团，目前，麦当劳在中国拥有1 200多家分店，每天每家分店出售的许多产品，包括小汉堡、巨无霸、鸡腿堡等里面都有一份必不可少的辅料，它就是生菜叶（有时也称小叶菜），因此，麦当劳对生菜叶的需求量特别大。按常理说，麦当劳完全可以凭借着自己的品牌影响力和长期需求量大的优势，跟供应商博弈，压低生菜的进价，让自己有更大的获利空间，而且，在中国使用这一招一定是有效的，因为永远都有人答应以更低的价格出让。

但实际情况却是，麦当劳不但没有压制生菜供应商，相反还愿意高价收购——平均每斤生菜的价格要比市场上的均价高出15%—20%，此收购政策一出，把许多人给搞糊涂了，麦当劳有毛病吗？更让不少习惯打价格战，同时血腥打压合作伙伴的中国商人们大为不解。

事实上，麦当劳提价的真正用意是这样的，麦当劳要求生菜供应商首先必须开辟出一块专门的生菜种植基地来，要求是，这个种植基地方圆5 000米范围内必须不能有任何污染，而且还必须要建在一个山坡上，有一定的梯度，目的是，这样给生菜喷射农药后，残留的药汁便能轻易流出去，不至于积压在基地内，造成慢性污染。

其次，供应商还必须要使用麦当劳指定的农药，同时给生菜喷洒农药的时间和剂量也都要严格按他们规定的要求来，不能擅自更改和违背，就连何时采摘也同样要听麦当劳的部署。

现在要问，麦当劳如此严格要求，虽然保证了生菜菜品无污染（当然这是最主要的），但他们还能有收益吗？难道15%—20%的提价部分金额是他们自掏腰包补贴进去的？

答案百分之百是否定的！通过让供应商建立专门的种植基地，麦当劳不仅不会因为提价而亏损，相反还能赚上一笔！盈利的这部分不仅在种植基地内，还在整个产业链之中。

首先，因为有专门的种植基地，且严格按照指定的程序来经营，这就确保了种植基地生产出来的生菜叶成品率相当之高，麦当劳通过调研发现，如果从一般性的种植区或市场上采购生菜叶的话，其中的20%都要被丢掉，包括运输途中的损伤和碰坏以及腐烂掉的。但是，从专门的种植基地而来的生菜叶损耗率只有3%—5%，远比20%低，这就极大降低了无益损耗，节约了一大笔成本。

其次，由于成品率很高，降低了物流成本和处理生菜叶垃圾成本。相对于有1 000多家门店的麦当劳来说，这项费用的总价相当高。

再次，降低了加工成本，不需要使用大量人工来去除不能用的坏烂菜叶。此外，因为实现了标准化的种植和管理，因此生产出来的生菜叶基本上在全中国内都是一模一样的，不需要人为地“统一”化，包括形状和口味，这就保证了中国消费者无论进入哪一家麦当劳的店，吃到生菜时都会觉得“就是这个味”。

最后是降低了赔付费用。由于有了对供应商的严格要求和监控，保证了生菜不会出现农药残余过量和有毒，也就保证了消费者在麦当劳消费时不会出现食物中毒现象，这也就节省了大笔的官司、赔偿和媒体公关费。

从提价生菜叶这个点，实现物流、加工、成品整个价值链的盈利，这便是外界看不懂的麦当劳的高明之处。现在，你该知道麦当劳为什么要高价收购生菜叶了吧。

如何请回生了气的客户

不少酒店或饭店的经营者都有过这样的经历——因为某种原因得罪了某个长期固定的老客户，致使对方从此再也不来消费了，如何才能将他们重新请回来成为摆在经营者面前的一个难题。但是，只要有足够的智慧和策略，还是能挽救回来的，不久前，我就亲身见证过这么一件事情。

当时，我去省城看望身为大公司总经理的堂哥，去的当天，堂哥正好跟另一家公司的老总在谈一笔业务。于是，中午吃饭时，堂哥便将我和那位老总，还有两名副总带到了离他公司不远的一家酒店去吃饭，这家酒店一直是堂哥公司的定点招待用餐酒店，一年能给对方带去七八十万元的营业额。

点菜时，堂哥要了一只两斤重的甲鱼，可等甲鱼端上来的时候，堂哥却觉得有些不对劲，有些小。于是便叫来了这家酒店的餐饮部的王经理。堂哥问："王经理，你看这只甲鱼有多重？"对方赶紧回答："怎么了，有问题吗？"堂哥说："你就估计它有多重吧！"王经理看了看，说："大概一斤半吧。"堂哥说："那你把它端回去吧，马上买单。"这位王经理一看堂哥的语气不对，赶紧说："徐总，您等等，我去后堂问问。"结果一问才知道，上来的这只甲鱼的确只有一斤四两重，是昨天卖剩下的，厨师长擅自做主，以次充好让服务员给端了上来。

从后堂回来的王经理，自知理亏，连忙给堂哥道歉，说是服务员上错了，马上就换，并且表示要免费赠送两道菜上来。但是堂哥并没有领情，后来我才知道，当天堂哥业务没谈成，一肚子的不愉快，又遇到这样的事情，自然是气不打一处来。只听见堂哥大声说道："你们居然对老客户这样不诚信，以后我要是再来这里吃饭，我就是龟孙子！"随后，堂哥便命令他的一位副总，立即跟酒店结清之前积攒下来的所有账目，一次性全部付清了。

堂哥离开后，那位王经理可慌了，他不断给堂哥打电话、发短信，找中间人来调节、赔礼道歉，可堂哥就是不予理睬。之后，堂哥公司招待客人也就不在这家酒店了。

让我没想到的是，当我上周再去堂哥那里时，堂哥又带我去了那家酒店吃饭，这让我想起了半年前发生的那场不愉快，便问堂哥：“你不是说再来这里就是龟孙子吗？”堂哥哈哈大笑，说：“没事了，是王经理的诚心打动我的。”

原来，自从堂哥表示不再来酒店消费后，一下子愁死了王经理，在赔礼道歉的方法不管用后，王经理终于想出了一个办法——他先是让自己的爱人去堂哥的办公室（他爱人之前就认识堂哥），一见面就说：“自从自己老公上次得罪徐总后，回到家中总是坐立不安，晚上在床上也老睡不着，到医院一查，原来是由于过度焦虑患上了频乱性失眠症，如果不及时调整过来，后果会越来越严重，徐总，您就收回之前的那句话吧。”

看着对方一脸的忧愁，堂哥想了一想，也觉得自己当时可能是一时冲动，话是说得狠了点儿，于是便说：“那我就收回那句话了，你让他别再为那句酒桌上的话发愁了。”

没想到，三天后，那位王经理又亲自来敲堂哥办公室的门，堂哥说：“我不是同意收回那句话了吗，你怎么又来了？”对方说：“徐总是这样的，我再次对上次的事件表示道歉，为了表示我的诚意，我拟一个道歉信打算登报，你看看这样写可不可以？”然后便递上一张纸，上面写的是，某月某天，我们酒店最忠实的、最敬重的客户徐某某总经理点了一只甲鱼，于是我酒店弄虚作假，短斤缺两，造成徐总以及他宴请的某某公司的李总非常不愉快，特登报向徐总以及李总等人表示深深的歉意，并请社会监督我们。

堂哥刚一看完，王经理又立即递上一张晚报社开据的登报费用收据，堂哥一看这是来真的，赶紧说：“算了，这点儿小事哪能让社会上的人都知道呀，到时，你我都会丢人的。”

可王经理却说：“要登的，如果实在不登报也行，除非你同意我请客，把上次的那几位老总也都叫上，两者只能选其一。”最后，堂哥只得选择后者，并且叫上了上次的那几位老总。

当天的那餐赔礼宴吃得非常愉快，更让人意料不到的是，由于再次相聚，加深了堂哥和李总的感情，那项之前没谈成的业务居然起死回生，谈成了。

当然，这之后，堂哥以及他的公司又成了这家酒店的长期稳定客户了。

把赢利点放在明天

作为美国的著名品牌，安利净水机及其家庭桶装纯净水自从1995年进入马来西亚后，分别占到全马来西亚72%和80%的市场份额，且一直势头很足。

然而，在2010年，安利净水机及其家庭桶装纯净水却遭遇了当头一棒，而向它挥棒的是一家叫“NEP”的马来西亚本地健康水企业，NEP仅仅用了一年的时间，就将安利净水机及其家庭桶装纯净水挤到了第二的位置，而自己则成功占领了63%的马来西亚净水机市场份额和60%的家庭桶装纯净水份额，两项一年的总营业额高达4.1亿人民币，NEP一举击败安利的“利剑”便是它旗下的钻石能量净水机及其家庭桶装纯净水。

整个一年，NEP都带着它的钻石能量，做了以下几件“利己而不利安利”的小事：

首先，在马来西亚的各大媒体上投放广告，内容是，只要你家的净水机还在使用，不管这个净水机已经用了多少年，也不管它是什么品牌的，NEP都愿意免费无偿地帮你换上一台价值4 000人民币的新净水机，你只要拨打一个预约电话就好，剩下的一切由NEP帮你搞定。

马来西亚净水机的用户们自然是不会放掉这个天下掉馅饼的好事情，NEP的预约换净水机的电话被打爆了。结果是，一台台旧的净水机从一个个家庭里被搬走了，而一台台新的钻石能量净水机被按进终端用户的家庭里。

很显然，被搬走最多的净水机品牌是安利！现在要问，NEP此举高明吗？NEP每安装一台新的净水机可就意味着要损失4 000元呀？你若是这样想，那就大错特错了，因为这恰恰就是NEP的高明之处，因为此举能让NEP

轻松地找到自己准确的目标客户群——家里有旧的正在使用的净水机就表明这些家庭都有每天饮用纯净水的习惯，NEP便可无须雇业务员挨家挨户去寻找喝纯净水的用户了！而为NEP免费找到这些目标客户群的正是NEP的竞争对手安利。

NEP之所以愿意免费帮用户更换净水机，目的就是要把安利的净水机搬走将其斩草除根！现在用户的家庭里只有钻石能量净水机了，安利则很难再想“反扑”回来。

只要钻石能量净水机在用户家扎下营来，接下来，NEP的一切后续营销和赢利便变得非常容易了。

在安装好净水机的3个月后，NEP的工作人员会打电话给用户，告知这样的一个信息——按照全球净水机的行业科学标准，净水机的滤网必须三个月要换一次，否则每天喝下去的就是“毒水”，严重伤害身体健康，特别是免疫力差的老人和小孩！而钻石能量净水机的滤网必须是配套的NEP的滤网，否则起不到效果。于是，卖净水机上的滤网成了NEP获得利润的渠道！一个滤网的价格相当于100元人民币，而成本则只需要25元。

卖好了净水机耗材后，NEP接下来开始卖钻石能量桶装水，他们开始大肆宣传钻石能量水的各种优势和好处，而且如果放入钻石能量净水机内后，饮用则健康效果更佳，同时价格比原先用户使用的安利桶装水还要便宜一些，用户自然开始纷纷改用NEP的钻石能量纯净水。接下来，NEP只需要聘用一些民工送送水便可以了，完全不需要大量的市场开发人员，极大节省了成本。

管理大师彼得·德鲁克生前曾预言：21世纪的竞争是商业模式的竞争。NEP深谙其道，通过改变净水机和纯净水市场原有的竞争模式和游戏规则，创造出一种对手无法抵御的全新商业模式，把赢利点放在明天，先铺设好阵地，从而最终成为大赢家。

“抄袭”来的奇迹

西班牙ZARA服装公司将设计中心放在代表了潮流风向标的欧洲，但是设计师却全是二流的，甚至是不入流的，然而就是这样的一个服装公司却发展到在全球现有3 000多家分公司，成为世界第四大时装连锁服装公司，它的创办者奥尔特加也因此成为了西班牙的首富。

一个没有一流设计师的服装公司如何能做大做强？答案就是抄袭和复制一流设计师的设计以及一些大品牌服装的最新款式，再加以简单修改后快速生产，然后快速抢先推向市场，让自己的“山寨”仿制品击败正版的正品！

快速时尚是ZARA的经营理念，设计中心的设计师们每天都要负责在第一时间翻看欧洲所有新出版的报刊，尤其是一些服装类的杂志和报纸，同时还要逛遍街头的诸多高端服装专门店，参加最新最潮的时装发布会，只要看到新设计出来的新颖服装款式和一些大品牌的最新设计，便要立即复制拍照拷贝下来，然后加以少量修改（目的是防止被告侵权），完成之后，并立即下单到工厂生产，然后进入市场进行销售。

ZARA的每件服装从修改设计到推向市场只需要12天，而其他同行则至少需要3个月，其中的原因除了ZARA本身执行迅速外，还有一个重要的原因便是少量！快速少量，多款少量，一直是ZARA企业的制胜法宝。每款服装，ZARA只生产3万件，分到全球的3 000家分店，每家店也只能得到10件，是真正意义上的限量版发售，与ZARA每种服装的数量很少相比，其款式却很多，每年ZARA能有1.2万款服装进入销售市场，而对手一年一般只能有4 000款。

少量和多款给ZARA带来的好处则在于：

第一，增加顾客的回头率，由于每隔几天就能有一新款上市，因此顾客特别愿意经常光临ZARA，在ZARA每年每个顾客的回头率达17次，这是世界上其他任何服装店都无法做到的。

第二，维持低打折率的状态，因为是限量的，所以ZARA不必担心库存，每年ZARA的服装只有4.7%有打折，而其他同行的同类服装的打折率则是12%—17%。

第三，促使顾客第一时间快速出手购买，因为所有服装都是限量的，不买就没有了，就这么几件，因此使得顾客不再期待打折，这样就节省了仓库费，资金也能快速回笼。

为了降低成本，和其他同行买染好了颜色的现成布料不同，ZARA所有的原料布都是白色的，染色全是自己动手，剪裁制作人员可以根据需要将白布染成相应的颜色，销售好，就立即再照样染色生产，销售不好，便可立即停止染色。这就避免了因为进了固定颜色的布料，当与所需要的颜色不符时而造成的布料浪费。

为了保证物流的畅通和快捷，ZARA将自己的物流部设在欧洲的各个闹市区，快速运输，欧洲市场内分店市场的配货采用专门的汽运，欧洲外的市场则采用空运，这就保证了当天下单当天就能见到现货!

实质上，ZARA经营的并不是服装，而是别具一格地创造出了一种全新的经营模式，那便是经营时尚信息。第一时间将时尚的信息变成实实在在的产品，并且以较实惠的价格呈现在顾客的面前，这便是ZARA经营的核心所在，也因此成就了它的 “服装业的奇迹”！

让你不得不佩服的饭店服务

年前，去新加坡出差，在新加坡某企业做高官的朋友宴请我，说要带我去一个与众不同的华人饭店。

一到这家饭店我发现有很多人都在排队，等拿到号后，我和朋友被热情的服务小姐引领到顾客等候区域，这是块面积约有100多平方米的大区域，装饰优雅，里面安放着沙发、藤椅和木凳，墙上挂有四台大彩电，分别在播放新闻、娱乐、历史和讲坛，让我没想到的是，除了桌子上放有不少书和杂志外，在这里还有20多台液晶电脑，可以供客户免费上网。

更绝的还有，这里还能为女士提供免费的美甲服务，为男士提供按摩肩背和颈椎的服务，此外，还有皮鞋清洁保养服务。上了一会儿网，擦了擦鞋，再按了会儿肩膀后，我觉得轻松很多，恰在此时，轮到我们有进餐的位置了。

点完菜后，不到5分钟，所有的菜全部摆到了我们的面前，这样高效的上菜速度让我大为佩服。

进餐的过程中，我去了一趟卫生间，一开始我还以为是不是自己走错路了，因为在卫生间的门口站着一个相当绅士的男子，我不禁问了一下：“这里是卫生间吗？”这位男子立即微笑着回答：“是的，欢迎光临！”然后便帮我打开门，等我进去后，他又再次为我关上门，我才明白了过来，原来连顾客上厕所，他们也安排了专门的人员来服务。

等我方便完后，又有一名站在内部的服务员对我说：“先生请这边洗手。”我一看，他已经为我把洗手池的水龙头打开了，水温刚好。

服务如此周到，当然远出乎我所料，但我一边慢慢洗，一边在想，等下得给他多少小费才算合适呢？因为我先前没有在洗手间里给人小费的经验，但显然，这次如果不给那么肯定不合适——人家都服务到这个份上了。

但是，很快，我便觉得自己完全可以不为给多少小费而劳神了，因为我一抬头，发现在眼前的玻璃镜子上写有这样一段话——本店谢绝任何小费，感谢配合！

原来不需要给小费，我一乐，洗手的进度便也加快了，我刚一洗好，一块热腾腾的毛巾便递到我的面前。“先生请擦擦手。”服务员又是笑容满面地说道。

吃完饭后，朋友让服务员过来买单，没想到，服务员早已算好了费用，而且发票都打好了，就放在她的口袋中，只等朋友给钱了。

买完单后，服务员又像变魔术似的从口袋里掏出一模一样的两张我和朋友刚才在吃饭的照片，看到我一脸惊讶的模样，服务员解释说：“这是我们的摄像师刚才帮你们拍的，免费送给你们作为纪念。我们保证绝对没有留底片，全世界仅有这两张，因此你们不需要担心照片外泄。”

最后，就在我们起身要走时，这个服务员又说道：“请稍等，我们还为两位准备了一份小礼物。”还有礼物？我们不解。很快，另一个服务员用一个塑料袋把礼物给装来了，打开一看，原来是四小盒泡菜和两大杯豆浆。 服务员说：“这是我们自己做的。”我问那你们为什么又要免费送给我们呢。服务员没有直接回答，而是反问道：“难道你不喜欢吗？”接着她说，“我们每张桌子只赠送一份泡菜，但是我留意到你中间又要了一份，这表明你非常喜欢吃它，但是，在外面你又买不到，于是我们特意为你准备了一些。另外，我还观察到你的朋友对我们现在榨的豆浆非常喜欢，喝了不少，于是，我又向店长替你朋友申请来了两杯！”

我一下子被彻底征服了，终于明白了为什么会有那么多人排着队等着到这里来吃饭，最后要交代的是，这家饭店的服务和顾客消费的价格毫无关系，我们吃的并不是什么天价大餐，相反是相当菜美价廉的——两个人的费用折合人民币约为200元。

买安全鞋还是买安全

作为全球最大的商用飞机制造商，波音公司一直有一个头痛的问题，那就是他们遍布在全世界的一千多名机翼修理师，经常会在工作的时候，不小心从梯子或机翼上掉下来，结果轻则擦伤、骨折，重则断腿、断胳膊，有的甚至是一命呜呼。

原来，由于机翼有一定的高度，机翼修理师们在工作的时候必须要站在一个高梯上，必要的时候还需要站到机翼上。同时又由于机翼不是水平的，而是有一定斜度的，因此，如果修理师们站在梯子上，则需要他们高举手臂，上上下下，左左右右去工作，如果是站在机翼上修理，则需要来回移动。

因为修理机翼必须十分专注，百分之百投入，因此忙着忙着，工程师们可能因为需要倾斜着身体，够这儿够那儿的，最终导致身体失去平衡，从梯子或机翼上掉下去。

还有一种情况就是，一般情况下，修理师们一工作就是好几小时，等他们结束工作后，已疲惫之极，大都会情不自禁地伸一下懒腰，然后下意识地朝后退一步，心里想着终于可以下班回家了，结果忘记自己是站在高处，就掉了下来。

据统计，每年全球有400多名波音的机翼修理师在工作时掉了下来，这给波音公司造成了很大的压力和损失。

后来经过研究后，波音公司觉得修理师们之所以会掉下来，是因为他们的鞋子不好，不具备诸如防滑、固定等方面的功能和作用。为此，波音公司决定每年斥资2 000万美元，用于订购一批防滑固定的安全鞋，同时面向全球的制鞋商公开招标。

经过一轮轮的筛选，最终有7家制鞋商幸运地进入最后的决赛阶段，其中有6家公司明确表示，修理师掉下来就是因为鞋子不好，而他们自己则能完全解决好这个问题，生产出百分之百符合波音公司意愿的安全鞋。这也就意味着接下来将是一场价格之战，看谁的报价更低了。

可是，第七家公司却没有一味地附和，他们通过仔细调研，发现这些安全事故根本原因不是鞋子的问题，而是意识的问题。也就是说即使穿上再好的鞋子，如果主观上不注意，同样也还会发生意外！

找到了问题的所在，第七家公司联想到蹦极——掉下去还会重新弹起来，人还不会受到伤害。因此他们在提交给波音公司解决的方案中，除了表示能以较低的价格生产安全鞋外，还免费给每位修理师赠送一条安全带，这样在工作时，只要把系在腰上的安全带固定起来，就能保证掉下来也不会摔伤。

同时，他们还愿意每年自费花10万美元，为波音公司聘请一位安全教练，让他巡回给修理师们培训，增强他们的安全意识和防卫技能，避免从机翼上掉下来的可能。

可想而知，第七家公司赢得了最后的胜利，接下了每年2 000多万美元的订单。

现在要问的是，为什么第七家公司愿意自费赠送安全带？答案很简单，那便是，波音公司要买的是安全而不是安全鞋。试想，如果能确保百分之百安全，那么即便让修理师穿着拖鞋，或打着赤脚，也无妨啊。波音公司需要的不是安全鞋这个产品本身，而是这个产品所能带来的好处和利益，安全带正好满足了这个需求。

那么既然已经提供了安全带，为什么还要每年花钱给波音提供安全教练？答案是，如果你只是单纯地提供一条安全带，那么等到明年，竞争对手同样也能，甚至能提供更高级的安全网，同时报价更便宜，那么结果可想而知。

因此，赠送安全教练，事实上目的是在培养机翼修理师们与第七家公司的感情，让修理师们永远成为第七家公司的忠诚拥护者，这样波音公司的采购部门便不能轻易换掉第七家公司，因为机翼修理师们会不同意的，这样一来，每年2 000万美元的订单便非常稳固了。

不做第一，只做唯一

22岁时，学设计专业的他来到北京创业，由于没有名气，很难从现有的设计市场里分得一杯羹。一天，他到北京的香河家具城去买一个衣柜，当他问老板有没有家具的宣传画册时，没想到对方却说没有。

原来，当时整个北京家具市场里没有一家家具店有宣传画册，也没有一家设计公司愿意替他们设计和制作宣传画册。他灵机一动，觉得自己的机会到了，于是便说道：“那我帮你做一个宣传画册吧，保准会带动你的销售量。”但没想到老板摇摇头说：“我们没有这笔预算。”他说：“你不用花钱，用家具换就行了。”老板一想，说那好吧。

果然，当宣传画册设计出来并且分发给消费者后，这家家具店的销量上升了不少。很快，其他家具店开始主动找他帮着设计画册。不久后，整个香河家具城里70%的家具店的宣传画册都是由他做的，让他狠赚了一把。

让他更没想到的是，不久后，“居然之家”的老总汪林朋竟然亲自打电话找到他。原来，当时“居然之家”在挑选入驻的家具企业时，好多企业的宣传画册都出自同一个人之手，这让汪林朋大为惊讶，便想见见这个厉害的人物。但等他来到“居然之家”时，没想到汪林朋对他说：“听说你设计做得不错，那就给我做一个名片吧。”当时一盒名片只有20元钱，但他却干脆地答应了。第二天当他把名片送过来时，汪林朋看后非常满意。但是他却说：“汪总你们的CI（企业标志）设计得不好。”汪林朋一愣，说：“那你给我们重新设计一个吧。”就这样他接到了“居然之家”这个100万的设计单子。

此后，他跟“居然之家”合作了十几年的时间，他也因此被业界称为

“家具设计策划第一人”。

2008年10月，他策划并组织一届中国品牌节，但是如何选择举办场地却成了一个难题，因为场地既要有档次，又不能太贵。很快，他便想到了北京奥运会三大主场馆之一的国家体育馆。电话一打过去，对方说行呀，一天100万。挂上电话，他心凉了半截。但他又一想，收费这么高，说明国家体育馆肯定是急于收回前期投入。

机会来了，他约到了时任国奥投资的董事长张敬东，聊天中他问到国家体育馆后期如何才能把之前的巨额投资收回来的问题。张敬东说，这正是自己一直感到头疼的问题，便请他帮着想想主意。他趁机说，如果能让中国10 000名企业家、1 000个财经记者、100个活动组织策划高手同时走进这里，那无疑是最大的宣传。张敬东说，但是没有那么多钱去请啊，也不认识这么多人呀。听到张敬东这样表示后，他心中暗喜，说：“我搞了一个活动，规模很大，联合了一百多个活动组织策划高手，上万名企业家，还有近千名媒体记者。”张敬东马上表示那太好了，你就到我这儿搞吧。他说：“你们那儿100万一天，搞不起。”张敬东立即表示：“不用不用，你来，只要能把国家体育馆的商业活动宣传出去就行。”

2008年10月1日，第二届中国品牌节在国家体育馆隆重举行，共1.6万多人参加，创造了国家体育馆赛后上座率的一个新纪录，成为赛后大型体育馆商业利用的典范，他也只象征性地交了些水电费。

他就是品牌中国产业联盟的秘书长王永，被认为是中国品牌事业的新领军人物和未来领袖。做不了第一，就做唯一，涉足同行未涉足的领域，整合自身的资源，王永为自己搭建了一座事业和财富的摩天大厦。

智请鞋匠

1995年，30多岁的他决定在老家温州创办自己的鞋业公司，打造一个属于自己的一流皮鞋品牌。

但当时摆在他面前的难题是，温州鞋业已经是强手如林，他们个个如狼似虎地分食着整个鞋业市场，要想从他们口中分得一杯羹比登天还难。更何况，当时的他资金并不多，甚至连开办一个小型制鞋厂都做不到。但另一方面，他又觉得温州的制鞋业虽然很发达，但产品缺乏文化品位，没有形成自己的品牌，而这正是自己的机会所在。

不走常规路，他决定首先在皮鞋的设计上下大工夫。他想起了儿时在溪水边陪伴自己的最好伙伴——红蜻蜓，之后并决定从仿生学的角度出发，模仿红蜻蜓，设计出一款仿生皮鞋来。

经过几个月的埋头苦干后，皮鞋的设计方案终于出来了。但接下来的问题是，如何能请到一个技术娴熟、高超的鞋匠。因为只有这种行业高手才能完全领会他的设计意图，并且能分毫不差地制作出他所想要的皮鞋来。

办法只有一个：高薪去挖!

虽然温州起步发展比较早，但在20世纪末，温州人的收入也远不如今天。当时，整个温州一个顶级的鞋匠一年的收入也不过五万元而已，但已经算是天价了。

通过多方打听，最终，他找到一位顶级鞋匠。在得知他的意图后，那位在原公司极受尊重的鞋匠，看了看他，然后问道："你一无制鞋工厂，二无营销团队，三无销售渠道，凭什么请我去？"

接着那位鞋匠笑笑说："请我也行，但薪酬要比我现在高出一倍，也就是一年10万。你能付得出吗？"他说："能，我再给你加点儿，12万。"

他高薪聘请鞋匠的这件事犹如惊雷，迅速传遍整个温州城，所有的人，包括同行、代理商、顾客都在这个天大的新闻中，知道了他的名字，并开始有意无意地关注起他即将要生产出的皮鞋。

通过租用其他人的皮鞋工厂，他的第一批皮鞋终于出厂了。令他没想到的是，皮鞋刚一投放市场，就引来疯狂抢购，人们都想感受一下年薪12万的鞋匠做出的皮鞋到底有多好。

这正是他所想要的效果，在他看来，只要你买、你穿，就不怕接下来你不喜欢。果然如他所料，顾客对他的皮鞋好评如潮。

接下来更让他意想不到的是，一大批其他顶级鞋匠也纷纷慕名而来，投靠到他的公司。创新仿生又富有文化的设计，加之麾下一大批优秀顶级鞋匠的精心制作，他的皮鞋越来越受市场欢迎，销售量一天比一天好。

没错！他叫钱金波，而经他一手设计策划出的皮鞋就是"红蜻蜓"。如今，"红蜻蜓"年产皮鞋1 000多万双，销售额近20亿元，一举成为中国知名皮鞋品牌。

你的奔跑地点选对了吗

可能是受当军人的父亲的影响，从很小的时候起，他就是一个不安分的孩子。他总喜欢在屋顶上蹦来蹦去，好几次差点儿掉下来摔死。

家人本以为等他再长大些，自然就会安分下来，可直到上了中学，他这种“好动”的性格依旧没有改变，反而更加严重。他不太爱上课，一个月总有几天，想方设法地逃过老师的监管偷跑出去。

一次很偶然的机会，他在街头目睹了一起绑匪枪击事件，他亲眼看到两名绑匪开枪打死了一名本应能逃跑掉的被绑架者，这让他感到非常难过和遗憾。难过的是，被枪杀者和他一般大；遗憾的是，被枪杀者当时只要稍微改变一下逃跑的路线，奋力地跳过一个栅栏便能逃过一劫，若换成是他，他一定能做到。

这起街头枪杀案很快被媒体报道了出来，当全城人都在谴责绑匪的凶残以及社会治安差时，他却在思考另一个问题——人们在遭遇绑架和勒索，而且无外援的情况下，如果能够掌握一套有效的脱逃方式，那么脱离虎口、劫后余生的概率就一定会大大提高。

也就是从那时起，他做出了一个重大的决定——专门研究和传播脱逃术，然后推广，让人们在受到攻击时，能像城市忍者一样，在任何环境和条件下都能自由奔跑，而且不会因此受到任何伤害。为此，他专门去了父亲的军队，向法国陆战队的士官们请教野战的各种奔跑术。

为了演练，每到上学和放学的时间，他都不坐校车，而是独自一人穿街绕巷，像风一般一路奔跑回家，为此他摔伤过多次。放着既安全又舒服的校车不坐，非要天天“自残”，他的这一怪异行为遭到了大家的一致嘲笑。

然而，他没有因此而有丝毫放弃的想法，反而越来越痴迷。通过反复研究、学习和训练，他终于得出他所想要的结论——只要方法得当，任何人都能在城市的任何一个角落自由奔跑。

在他看来，人们在逃跑时之所以会受伤，是因为没有掌握正确奔跑和落地的方法，比如，一般情况下，一个人从20米的高处奔跑落下，触地时会产生近800斤的力，这个力足以造成死亡或重度骨折，但是如果选择正确的落地方式——倾斜身体，在落地时翻一个跟头，同时弯曲膝盖，这样便能将整个身体变成一个有弹性的减震器，让人安然无恙。

当然，还需要运用一些物理定理，在奔跑时掌握好距离、速度和着力点，如果再懂一些中国的武术就更好了，为此，他还专门去中国武当山拜师学艺了一年。

执着终于换来了最后的成功，通过6年多的探索，他终于能在没有任何保护措施的情况下，在障碍物丛生的城市街头像风一般自由奔跑、跳跃，躲过各种追击和围捕。

不错，他就是城市忍者、自由奔跑者、跑酷运动的创始人——法国人大卫·贝尔。

今天，大卫·贝尔所创立的这项跑酷运动已经在全欧洲的青少年中风靡开来，由他创立的“跑酷技艺训练营”受到青少年的极大喜爱，而且深受一些商业大佬的“富二代”和政界高官的“公子哥”的追捧，在他们看来，跑酷的魅力已远远超过飙车，是个性的展示。

在这个训练营里，每个课时的收费是200美元，一共9个课时，大卫·贝尔能从每一个学员身上获得1 000美元的利润。到目前为止，已经有近千名欧洲学员进入“跑酷技艺训练营”学习，这让大卫·贝尔赚了一大笔。

更让大卫·贝尔没有想到的是，在这之后的不久，他受法国电影公司的邀请，正式进入演艺圈，先后在《暴力13街区》系列电影中担当男一号和跑酷镜头的动作指导，总片酬高达1 200万美元。

从人类诞生的那天起，人们就学会了奔跑，但是，没有谁能像大卫·贝尔这样，从奔跑中获利无限，这难道只是因为他们选择的奔跑地点不够酷、不够吸引人吗？如果是，那么，你的奔跑地点选对了吗？

高明的亚洲航空公司

从马来西亚飞往中国的任何一个大城市，每张机票的价格都不会超过500元，而从中国广州到泰国曼谷则只需要280元，从中国的天津、成都到马来西亚的吉隆坡只需要959元，如果你认为如此低廉的价格一定是某家航空公司的打折票或促销票，那么你就错了。这是一家航空公司的常态票价，它便是马来西亚的亚洲航空公司，该航空公司不仅是马来西亚的第一家廉价航空公司，也是亚洲地区第一家低成本廉价的航空公司，从2008年到2010年，亚洲航空公司连续三届被全世界的旅客评为“世界最佳低成本航空公司”和“世界最廉价的航空公司”。

本着“现在人人都能飞”的低票价理念，亚洲航空公司致力于将航空旅行变得大众化，打造全球最低价，把别人家的打折票、特价票当成常态票来卖。因而深受乘客的欢迎，到目前为止，亚洲航空运送旅客人数已突破9 500万人次，且年年有大幅度的盈利。

那么现在要问的是，在全球航空公司普遍严重亏损的大环境下，亚洲航空公司凭什么能做到成本最低和票价最低？而且还能不断赢利，它的制胜秘诀和利润点到底在哪里？

首先是，亚洲航空公司不让任何一家销售代理公司代理销售自己的机票，包括携程网，这样就不用给代理公司提成。同时也不设立销售柜台和售票窗口，因而能节省下大笔的柜台租赁费和行政办公支出，乘客要买票，只能到他们的网站去买，完全自助式，航空公司只要请几个网络工程师维护好网络系统就可以了，第一个低成本运作模式就这样诞生了。

其次是，亚洲航空公司所有的飞机机型都不同于其他航空公司，他们的飞机上没有公务舱，也没有头等舱，全都是清一色的经济舱，这样给了乘客一个平等感和受尊重感，因此能赢得乘客们的心理好评。同时，乘客的座位要比其他飞机上的小一点儿，座位之间的间距也窄了一些，因为这一小和一窄，空间面积就被多出来了，因而能比同样大小的其他飞机多出20%的座位，也就是说每趟航班能多载20%的乘客，总票价收入也就随之增多了。

再次是，飞机上不为乘客提供免费的食物和饮料，这样又能节省很大一笔费用。同时由于不提供食物和饮料，因此停机后不需要费力打扫卫生，从而节省了清洁费。

最后是，选择收费便宜的机场降落，比如，亚洲航空公司在马来西亚境内落地时，全选择在距城市很远、相对清闲的外围机场停机，而非在诸如廊桥等收费昂贵、繁忙的内围机场落地。其好处是，一是能大幅度降低付给机场的停机费，二是由于外围的机场飞机比较少，跑道空闲，因此从落地到下一次起飞，之间的间隔不会超过20分钟，这样便能做到高频率飞行，不需要长时间等待跑道。三是在空中等待降落的时间短，降落时滑翔也能非常快，因此节省了大笔的燃油费。

除了以上的“节流”措施外，亚洲航空公司还推出了几项 “开源”的高招，为自身增值。比如，机舱前5排的座位上都有红色雅致的椅套，看上去非常漂亮和舒适，如果想订这几排座位，则需要另外加钱。同样位于安全门旁的两排座位，由于上下飞机都很方便，遇到紧急情况时也更容易逃离，因此要想选这两排座位也需要额外加钱。同时，亚洲航空公司还在飞机上兜售商品来盈利。飞机虽然不提供免费的食物和饮料，但是乘客可以自行买，顾客只要在网上订票时选购好食物和饮料，并通过信用卡支付。等上了飞机，到了用餐时间，空姐便会把食物和饮料送到乘客的面前。乘客们一打开吃，香味（特意弄得很香）便立即飘满整个机舱，没有得吃的一些乘客觉得很难受，这个时候出售食物的推车进来了，其他乘客还会不买吗？一笔笔的生意便这样做成了。

接着，空姐开始推销各种带有亚洲航空标志的纪念品，如枕头、毯子、口杯，价格大都在100元到200元人民币，不贵，买一个回去，说明你乘坐过亚洲航空，因此很多乘客都会买，第二笔生意也就这样做成了。

此外，亚洲航空公司还规定每位乘客只能带10公斤的随身行李，而且只能是一件，超过或多出的则付额外拖运费，收费的标准是每公斤20元，几乎每个班次，他们都能收到不菲的托运费。

在票价上无利可图，但从乘客订机票的那刻开始，利润便以其他的各种方式开始产生，这便是亚洲航空公司的高明之处。

成功就是放大自己天使的一面

1995年，已经在深圳有一定的销售人脉资源的他，毅然决然地离开了深圳，来到北京。因为在他看来，只有在中国的心脏地带有所成功，那才叫真正的成功。

但是，当真正来到人生地不熟的北京时，一切都要从头开始，他先是加盟了一家即将濒临破产的商贸公司，老板对他承诺，只要他第一年能完成100万的销售任务，就分给他股份。果然，他第一年就完成了这个目标，第二年更是将销售量翻了5倍，但此时老板却翻脸不认人，所谓的分股份成了一张空头支票，这年他23岁。

之后，他便从这家商贸公司出来，另起炉灶，开始雇用了80个大学生兼职帮自己卖领带，从中赚了一些钱。但是他并没有因此而满足，而是强烈地觉得自己得提升，朝更高层发展，如果只是一直做销售，为什么不留在基础很好的深圳，而跑到北京来呢？

他首先想到的是，充电和学习，于是决定不再卖领带，他走进了北京的国家图书馆，兴奋地发现阅览室里有许多关于营销、励志、心理以及成功学方面的书，已经有一定销售经验的他一下子被深深吸引了。此时，他才深刻感受到理论指导的重要性，从这时起，他只要一有空闲便跑到国家图书馆里看书。他用了四年多的时间，几乎把国家图书馆所有这类书籍和杂志看了个遍。

这期间，他在人才招聘市场上发现有一家实力很强的咨询培训公司正在招一个帮讲师擦题板的打杂人员，也就是当讲师在进行培训时，需要不停地在题板上写字，这就需要有人帮着不停地擦题板。这个职务很少有人愿意去干，因为大家都觉得没有什么前途，而且还需要整天与粉笔灰和油墨打交道，对身体造成潜在的污染和伤害。

但是，他愿意，并应聘成功，事实上，他看到了这个职务一般人所看不到的潜在好处。他觉得自己可以不花一分钱就能免费听到当时国内最顶尖和知名的讲师的营销培训课程。他开始学会快速复制，快速学会感受讲师们的气场，更重要的是，他不像其他擦题板的人那样摆出一副心不在焉的样子，而是注意力高度集中，努力记住讲师们所讲的每条理论和实战经验，下课后，立即用随身携带的笔记本将其全部记下，回去再复习和消化。

后来，他惊讶地发现自己的领悟力和吸收能力竟是那些坐在台下花钱来听课的听众们5倍！这也为他将来走向职业讲师和培训师打下了良好的基础。此外，为了能让自己今后做一个成功的演说家，他每天下班回家后都要对着镜子，大声朗读和演说，坚持不懈地进行自我口才训练达18个月之久。

1998年，他从媒体上获悉，政府正在着手启动建立学习型社会的长久战略，他敏锐地感觉到，机会来了，未来几年中国企业家们也必将迎来一个与时俱进的学习高潮。于是在1999年的元旦，他创办了第一届学习型中国成功论坛，将中国的知名培训师、销售精英、成功家邀请到北京，聚集在一起，大家通过论坛演讲的形式，分享彼此的学习经历和收获，以及各自营销的成功案例。结果这一全新的论坛模式大受欢迎，好评如潮，媒体也纷纷跟踪报道。

迄今为止，学习型中国成功论坛已连续成功举办十多届。十多年来，已有几百名政府领导、著名企业家、职业演说家、社会名流出席过此论坛。

不错，他就是学习型中国促进会执行主席、北京人间远景文化教育集团董事长、亚洲一流演说家、超级口才教练刘景斓。

“成功的最大秘诀就是学习，而最快捷地将学习转化为现实的成果便是训练，通过训练，把自己天使的一面不断放大，将魔鬼的一面不断缩小了！”刘景斓这般总结自己的成功！

三星老总鞠躬两小时

2001年7月，刚上任不久的三星总裁李健熙，决定带着他最重要的6名副总前往美国纽约，实地考察一下三星在当地市场的销售情况。但一连好几天跑下来，李健熙看到的都是同一种状况：所有商场电器柜台里摆放的电器几乎全都是日本的索尼和松下的，这大大超出了他的预料。

在纽约最后一天的中午，回到宾馆的李健熙把自己紧关在房间里，谁也不让进，而且不吃不喝，这让守候在房门口的6名副总既担心又害怕。

到了晚上六点钟，李健熙终于打开了门，并让副总们都进去。副总们刚一进入房间，李健熙就分别给他们每人发放了一个红包。一见此情形，6名副总吓得不约而同地跪在了李健熙的面前。在韩国公司，有这样一个人人皆知的规则——在非年终的日子里，当公司老总打算不再用某个人时，辞退之前都会给对方送上一个红包，以示安慰。

三星的副总们自然是明白李健熙的意思：市场不好，他们有重大责任，总裁要大开杀戒了。“请再给我们一次机会吧，我们会扭转不利局面！”副总们近乎乞求。

看到这一场面，李健熙先是一愣，转而哈哈大笑，他连忙将6名副总一一扶起，说：“你们弄错了，我发给你们红包，并不是要开除你们，而是要你们用红包里的钱去把索尼和松下的电器统统给我买回来，我要看看他们的产品到底好在什么地方！”6名副总顿时转悲为喜，爬起来拿着红包就朝外面跑。

晚上9点钟，一台台索尼和松下生产的电器纷纷被买了回来，第二天，它们便随同李健熙一起回到了韩国。

接下来，三星开始一个个拆分这些电器，不拆不知道，一拆吓一跳，索尼和松下的电器果然比三星的强很多、先进很多。

也就是从这时起，李健熙喊出了这样一句口号：“除了老婆和孩子，一切都要变。”

从此，三星开始踏上了艰难的自我鞭策和奋进之路。第一项举措便是修改每天的上班时间，之前三星每天是上午9点钟上班，李健熙决定将上班的时间提前两小时，改为早上7点，想通过分秒必争来赢得赶超对手的时间。

但这项改革迅速遭到公司全体员工的反对，他们声称7点早得太离谱，有的还没起床，有的还没吃早餐，有的还在送孩子去上学的路上，怎么可能赶到公司去上班？

面对全公司的一片反对之声，李健熙什么也没有说。新制度推行的第一天，早上7点钟，李健熙准时来到公司，然后在秘书的陪同下，自己以弯腰30°的鞠躬姿势，站在公司的大门口，迎接每一个前来上班的员工。

对于一个已是59岁、近乎老人的李健熙来说，这种鞠躬式的站立姿势让他难以承受。20分钟后，他的双腿开始发抖，此时，才来了第一个“过来看看情况”的员工。看到这名员工，李健熙又深深地朝他鞠了一个躬，感谢他的支持。

直到8：20，才有部分员工陆续开始进来，李健熙不停地朝每个进来的人鞠躬，感谢。此时，正值夏季，太阳开始发威，毫无遮挡地照在李健熙的身上，让他大汗淋漓。无论秘书和副总们怎么劝，他都原地不动。时间在一分一秒地过去，看着越来越支持不住、且无比固执的李健熙，秘书和副总们都哭了。

从7：00一直弯腰鞠躬到9：00，当迎接完了最后一名三星的员工后，李健熙终于支撑不住了，一下子瘫倒在地，晕了过去，之后被迅速送往附近的一所医院。醒来后，他表示第二天还要这样做。

李健熙的坚持激发起了全体三星人的斗志，从第二天起，所有的员工都在7：00准时赶到公司，开始一天繁忙的工作，他们不想看到总裁因为他们的迟到和不支持而受到伤害。

2003年6月，一个震惊全世界的新闻出现了，韩国三星电器全面超越日本电器，成为全球电器市场上的第一大品牌，一举改写了被日本索尼、松下统治了近30年的全球电器市场的历史。今天，韩国三星王者的地位依旧牢固。

面对员工的不服从和“造反”，很多企业老总选择的应对方式是，杀、杀、杀，时间一久，便把自己变成了“职业杀手”，一个个本可被改造和挽救回来的好员工被他们统统干掉，或白送给了竞争对手。结果是，杀敌一千，自损八百，得不偿失，这和三星总裁李健熙相比，真是低级很多。

第二辑 努力不够是因为痛得不够

高效率是“盯”出来的

这是发生在一年前的一个真实的故事：

当时，我在温州的一家制鞋厂当厂长的秘书，我们生产的鞋主要出口到非洲的一些国家，偶尔也卖到其他几个亚洲国家去。2010年的10月，鞋厂接到一笔一个叫森永的日本公司发来的订单，要求我们在一周内为他们生产出30万双鞋。

到了交货期的当天，森永公司派了一个叫原田的验货员，原田是一位不到30岁的日本小伙子。当天下午1点出货，但是在验货的时候，原田却发现鞋的数量比原先订单上所签订的少了5 000多双。

原田自然是不同意接货，此时负责此业务的一位鞋厂销售经理，开始大摆乌龙阵，口头上对原田承诺，表示会尽快把缺少的那部分鞋赶制出来的，让他先回日本等着。

当时的原田还没有住在鞋厂的生产厂房里，而是住在10多公里外的一家宾馆里，他并没有按照销售经理的意思，先回到日本，相反却立即赶回市区退了宾馆，然后把随身行李全带到厂房里来了。

接下来，他找到厂长，缠着询问他如何处理这件事情，厂长虽自知理亏，但却和销售经理是一样的态度，说，你先回去，我们会尽快给你补发过去的，补发的物流费用我们来付。

作为厂长的秘书，类似这样的事情，我见得多了，无非是敷衍，至于缺少的鞋什么时候才能补发，谁也不知道。也就是说，厂长是在应付原田，目的是想把他打发走。

但让厂长没想到的是，他屡试不爽的招数到了原田这里根本不管用。对方表示，如果厂长不给他一个明确的时间答复，他是不会走的，会一直赖在这儿。厂长本以为他只是说说而已，没想到，原田却来真格的，每隔20分钟他就来找厂长一次，厂长到哪里，他就跟到哪里，把厂长弄得焦头烂额，最后只好决定下午4点召开专题处理会议，把下面的车间主任和相关人士全都叫了过来。

开会的时候，原田又提出一个要求，自己要列席旁听，理由是，看看会议有没有形成可执行的决议，决议具体又是怎么分解和落实的。厂长本想只做一个样子，走一下形势，糊弄一下原田，没想到对方却非要列席旁听！

厂长的头再次大了。

没有办法，会议形成了一个决意，那就是立即赶制生产出那批鞋，具体负责执行这项事务的是生产部门的负责人老唐。

会议结束后，原田就找到老唐，他问老唐："什么时候开始组织生产？"老唐回答："下半夜2点就能开始生产，只要鞋模具换成永森的，试验时不出现问题。"原田说："那就换模具开始试验吧。"老唐说不急，时间来得及。

接着，老唐到哪儿，原田就跟到哪儿，就连上厕所他也跟着，老唐实在是被原田弄得没有招了，只好提前在晚上8点进行模具试验，模具试验需要一个过程，原田就一直站在旁边。老唐对他说："你先回去睡觉吧，我保证下半夜2点能准时开工，厂长都给我下了死命令了，你还担心什么？"原田却这样回答："睡觉还早，不困。"老唐又说："那你回房间看看电视吧。"原田又说，看不懂。

原田就这样形影不离地跟在老唐身边，盯着老唐，以往老唐在工作的时候，每隔一小时就停下来一次，出去抽一支烟，这次被原田这么一盯，弄得也不好意思出去抽烟了，只能一门心思地工作。

模具试验成功了，直到原田看到第一双鞋被生产出来，才回去睡觉，此时是第二天凌晨1点。

原田走后，老唐长长地出了一口气，心想，终于把这个难缠的"瘟神"给打发走了，可让他万万没想到的是，凌晨3点，原田又回来了，他只睡了2小时，却说已经睡好了，过来看看鞋生产得怎么样了。老唐叫苦不迭，这哪是睡好了呀，分明是过来监督我的！

老唐的神经又开始紧张起来了，于是干脆卯足劲儿开始生产，结果天刚一亮，5 000多双鞋就全部被赶制出来了，比预期快了好几个小时。

回想起原田的这种不放弃坚持到底的“盯人”精神，厂长、老唐和我都感慨万千，收获不小。

原来，高效率和好业绩并不是喊出来的，而是“盯”出来的。人们不做你所期望的，只做你所检查和盯着的。

创意藏在脏头套里

1998年，他从全球三大顶级咨询公司之一的贝恩国际策略顾问公司中国区总裁的位置主动请辞，他当时的年薪高达100万美金。

而他之所以要这样做的目的只有一个，那就是自己出来创业。

当时的中国正处于经济快速发展期，但是由于人才招聘的体制不完善、不发达，致使很多公司难以找到自己心仪的人才。为此他决定创立一家人力资源服务公司，为招聘公司和求职者搭起一座通向彼此的桥梁。

由于受贝恩的影响，他一开始决定将公司做到一个高端、有档次的国际性的人力资源服务公司。通过之前积累下的一些资源，他从一些大企业要来了一些招聘名额，并花高价钱在一家档次和定位很高的英文报纸刊登了这些招聘信息，并期待着能来个开门红。然而，迎接他的却是一盆冷水，没能吸引来一个求职者。

为了查明原因，他开始在一些求职者中展开调查，结果，很多人都给了他一张报纸，说就是它了。他定睛一看，原来是一张印刷质量很差，拿到手都会沾满油墨的报纸，上面密密麻麻地印着许多招聘信息。而更让他难以置信的是，就是这么一张报纸，其广告效果却特别好，只要在上面投放一条招聘信息，就能收到上千份的求职简历。

但当他找到这家报社，表示也想承包几个发布招聘信息的广告时，对方却婉言谢绝了，称他们已经跟其他几家签订了长期合同。

既然无法借助报纸来推广自己，那么该通过何种方式推广呢？如何做到既有好的效果，花费又不多，成了萦绕在他心头的一大难题。

之后，有一次，他无意间在报纸上看到一则新闻，说的是，北京的公共小巴士因为乘坐的人很多，导致车座位上的头套非常脏，很多乘客对此深表不满，觉得和北京这座国际大都市的形象不符。

这则豆腐块般大小的新闻立即触动了他，公共小巴士上不正聚集着大量的潜在求职者吗？他灵机一动，决定从公共小巴士身上入手，推广宣传自己。

于是，他主动找上公交公司，跟他们一个个地分头谈，表示自己可以免费帮他们每天及时换洗头套，条件只有一个，那就是头套上必须印有他们公司的电话和网站以及部分简短的宣传语。

有人愿意免费帮自己改变不好的形象，公交公司自然是满口答应。接下来，他把公司的员工全部派遣了出去，同时还招了一些学生来做兼职，所有人只做一件事——随时帮公共小巴士更换脏了的头套。这种行为持续了一年多。

这一招果然收到了很大效果，很多白领上班族一下子知道了他的公司，许多招聘单位也跟着主动找上门来，希望通过他们寻找到满意的人才。

获得高知名度后，他又在全国其他的一些地方报纸上买下了不少版面，创建了以自己公司命名的招聘周刊，单期曾在全国创下500万份的发行量，并以报纸这种传统媒体带动自己的新型招聘网站。

凭借着这种独特有效的市场推广方式，他的公司一举从起初的行业末端爬到顶端，一举打败了中华英才网，成为中国最大、最具权威和影响力的人力资源服务公司。现在在中国的27个城市设有服务机构，并且在美国纳斯达克成功上市。之后，他又以36亿元的身价名列中国财富榜的第21位。

这家公司就是今天的前程无忧招聘公司，而他就是前程无忧的老总甄荣辉！

“如果没钱，那么你就得靠创意，新颖的创意能帮你构建成为市场的唯一！”谈及当年的“头套”创意，甄荣辉如是说。

“三无”教父

2003年，公司创立后的第7个年头，他高调地将公司搬迁到寸土寸金的融科大厦，这是北京租金最贵的地段之一，与他在同一栋楼里办公的是联想集团董事局主席柳传志。

与柳传志“比邻而办”，把员工的办公地址放到最好的地方，在外人看来，他一定是个讲究排场和面子的人，然而，事实却并非如此。搬进融科大厦后，他做出一个出乎外人意料的决定，取消自己之前独立的总裁办公室，和员工们在一起办公，和大家“平起平坐”。

“公司里有许多优秀的人才，需要让他们感觉到平等，平等对于人才是非常重要的。”他如此认为。

然而，刚开始与大家一起办公，他还是有些顾虑的，虽然平等有了，但是却担心不是很方便，公司的一些重要信息是不是因此就不再具备保密性了。好在，经过一段时间的适应后，他发现之前的担心完全没有必要，信息的不保密恰恰成了公司凝聚力的最大推手——由于公司信息非常透明，员工们都能在第一时间掌握到他所掌握到的信息，因此他们都会感觉到公司老总没有“看外”他们，自己也是公司的主角，因此就越发主动地去工作，最终员工们既是战略的参与者，又是业务的推进者。

信息透明化，“裸”办公此后成了他公司的一大特色。之后，他又做出了不要司机不配秘书的举措，成了真正的“三无”老总，完完全全和普通员工一样，进一步拉近了与员工的关系。

在他公司近1 000名员工中，绝大多数都是MBA，这些人能力突出，个性较强，外界曾有人公开发表言论，称公司绝不能用MBA，理由是不好管理，然而，他却将MBA们管理得井井有条。

他的方法是创新。公司所有的职位都“挂牌”竞选，通过网选和直选公开举行，只要你有信心，觉得自己有能力可以担当就能参加竞聘。

同时，为了消除员工职业生涯“天花板”的顾虑，他又果断地做出了“裸退”的决定。几年内，他先后辞去公司总经理、总裁和董事长的职位，将这些刚性职位全部让位于那些乐于真正服务于公司且有一定能力的员工，让他们感到，只要你足够努力、足够敬业，升职的路上没有任何壁垒。

在他看来，公司人人都是一个个充满活力的细胞，而不是传统意义上的岗位“螺丝钉”，他觉得人之所以比机器要伟大，就是因为人是充满活力的、能动的、有潜力的，因此只要给他们足够的空间，调动起他们体内的活力细胞，就能激活他们，为公司和自己创造无限的财富。公司简单到，你想到哪个部门、哪个城市去，都行。只要你觉得更适合自己。

创新的管理方式，不断自我放弃、自我让位的“裸”模式，让他的公司不断发展壮大，迄今为止，他的公司已经有150位实力合伙人，为中国近千家企业提供咨询服务，其中三分之一为国内500强企业或上市公司。没错，它就是国内首家注册的管理咨询公司北大纵横，而他就是北大纵横的创始人、首席专家、被业界誉为“中国管理咨询界的教父”的王璞。

2010年，北大纵横在继续之前所获的无数荣誉后，又先后获得“中国企业影响力十大（行业）品牌”、“最具信赖投融资服务机构”等荣誉称号，而王璞本人也先后荣获“2010年全球华商百业十大领军人物”奖章、“2010年中华财富领袖”等称号。在王璞的带领下，如今的北大纵横年营业额已近亿元，成为中国本土最具实力的管理咨询公司。

金牌服务员的"服务之道"

文华东方酒店是香港久负盛名的一家大型酒店，全世界的名人到香港，大都会指定要住到此酒店，至今为止，文华东方酒店已经先后接待过美国前总统尼克松、老布什，英国前首相撒切尔夫人，以及新加坡政要李光耀和英国已故王妃戴安娜，而它所接待的明星和商家大腕更是举不胜举。

文华东方酒店有今天的成绩和盛名，与一个人有着密切的关系，许多入住文华东方的客人其实主要都是冲这个人来的，他便是酒店的现任副总裁——黎炳沛先生。

从刚开始文华东方的一名门童，到大堂经理，再到行政经理，直至后来的酒店的副总裁，在文华东方工作的四十多年里，黎炳沛始终怀着感恩的态度，认真工作，把酒店当成自己家，把客人当成亲人一样去服务，在细节上，尽一切可能服务好他们，从而让客人"住而不忘"，因为感动而成为酒店最忠实的拥护者。

关于黎炳沛如何服务众多知名客人，赢得他们高度认可的故事有很多，而今天要说的是两个鲜为人知的真实故事。

2007年一天下午5点多，有一位很胖的企业家入住文华东方酒店，办完入住手续后，这位企业家对前台说，自己明天突然想去海边游泳，但是忘了随身带泳裤，希望前台能帮他准备一件泳裤。

但让前台的工作人员为难的是，这名企业家胖得实在是"非同一般"，是相当的"重量级"，腰围就有40多寸，市场上出售的一般泳裤他根本穿不上。当黎炳沛得知这件事后，立即派人出去寻找购买这种特大号的泳裤，交代无论如何要设法买到。派出的人先去了湾仔，没有；又去了新界，也是没有；最后又去了九龙和尖沙咀……几乎是跑遍了整个港区，结果还是没有买到。

派出的人回来时，已经是晚上九点多了，当黎炳沛得知这个结果后，并没有就此放弃，而是马上翻出自己的电话簿，找到了一位做服装设计的朋友，让他立即帮着设计一件，最后，对方将三条泳裤成功改装加工成一条泳裤。第二天，那位企业家被感动得不得了。

2009年，西方人眼中的平安夜那天晚上，一对常住在香港的英国老夫妇来到文华东方酒店里，想在这里吃一顿难忘的平安夜大餐，因为他们非常喜欢文华东方的菜肴。可问题是，他们之前忘了预订位置，而当晚酒店用餐的客人早已满了。

黎炳沛深知，平安夜对于这对英国老夫妇来说，是他们一年中最重要的节日，酒店和自己一定不能让他们乘兴而来，败兴而归。想到这里，黎炳沛迅速掏出电话，打给自己的夫人，他说："老婆，今晚，我们有家人要来家里过年了，你把阳台收拾一下，摆上蜡烛。"打完电话后，黎炳沛立即通知厨房的师傅为这对英国老夫妇做上一顿平安夜大餐，口味要和酒店里的一模一样，并用保温桶装好，送到他的家里。而这对英国夫妇则由酒店的专车免费接送过去。

黎炳沛的家所在的楼层很高，坐在阳台上能够看到整个香港美妙的夜景，当晚，这对英国夫妇愉快地坐在阳台上品酒、进餐，非常惬意，而给他们提供服务的则是黎炳沛的夫人。

除了把客人当亲人一般地服务外，黎炳沛对酒店和聘用他的老板也充满了感恩之情。2003年，黎炳沛生了一场大病，得知他生病后，很多接受过他服务的香港政要和明星、商界人士，都纷纷来看他，并送来花篮，但是由于病情的关系，医生交代病房里不能放花，都得撤出去，但是黎炳沛却坚持要留下两个花篮，不让其撤走，一个是时任香港特首的董建华的，另一个则是文华东方酒店总裁的。在黎炳沛的心中，他一直是把自己的老板当成是和香港特别行政区一把手一样来尊重。

如今，为文华东方酒店服务了四十多年的黎炳沛，已经到了退休的年龄，并被公司誉为"文华天使"，享受各种优惠的待遇，但是他却没有因此居功自傲，而是依旧和以往一样，每天都亲自站在酒店的门口，迎接客人，尤其是那些熟客。

每天入住文华东方酒店的客人中，回头客和熟客占到了惊人的65%，这些人很多都是为了见见曾经让他们感动的老朋友和家人——黎炳沛。

努力不够是因为痛得不够

当她决定推销墓地时，几乎家里所有的人都反对，因为卖墓地是一份不吉利的工作，很晦气，被人看不起。

但是，她不管，她觉得，人既然那么看重活着时的暂时住所，那么就更应该重视百年后的永恒之家。为什么要看低帮自己推荐永恒之家的卖墓人？

她怀激情上路，但一切都远出乎她的意料，她曾无数次跟了多个“目标客户”好几条街，游说他们为自己或者家人买一块墓地，可是得到的却是对方的怒斥：“你给我滚远点儿，要不然，我就叫人踹死你!”

后来，她又跑到干休所里去推销，希望里面的老人能从自身的实际出发，选择好一块人生的“后花园”，可是，还没等她把话说完，就被几位老人联手用扫帚狠狠地打了出来。

强攻不行，只能智取，几天后，她又带着两个同事装成“青年志愿者”去干休所帮老人们打扫卫生，可从早上一直干到下午两点多，才有一个老奶奶给他们送来了三个苹果和一杯水，推销的事更是无从说起。

就这样，大半年下来，她遇见的全是一张张冷漠的面孔，别说卖出墓地，就连一个有意向买的电话也没接到过。

于是她决定改变方法，开始每天骑着一辆自行车，早上四五点钟就从家里出发，然后骑遍昆明的各个公园和健身广场，硬着头皮向晨练的老人推销。晚上则守在人家的门口，一直等他们回家吃过晚饭后，再敲门，说明目的……就这样，不到一年的时间，她整整骑烂了4辆自行车。

这期间，有一天晚上十点多，她在回去的途中，连人带车被一辆违规的公交车撞倒在地，当司机下来时，她已经浑身是血。面对冷漠的司机，极度虚弱的她有气无力地说道：“你可以不送我去医院，但是你一定要向我道歉。”此时，好多人围观了上来，人群中突然有一个老大妈大声叫起来了：“我认识她，她是推销死人墓地的。”话音刚落，围观的人像躲瘟神一般四下散去。

那天，司机没有向她道歉，她一个人推着自行车，一瘸一拐地朝回走。也就是从那时起，她便开始发誓：“以后在销售墓地的路上，自己一定要活出个人样来，有一天，自己一定要有一辆四个轮子带着铁皮的东西。”

之后，她常常自己掏钱，带一些老人外出游玩，悉心照顾他们，不谈生意，只谈感情，从而慢慢赢得老人们的好感和信任，终于有了第一笔订单。

她的坚持有了结果，实现了她当初的誓言：第二年，她便有了属于自己的房子，虽然面积不大；第三年，她有了一辆属于自己的车，虽然并不是什么名车；第四年，她成了老板，有了自己的第一个墓地销售店面；第五年，她有了属于自己的第二个店面……

如今，她已经是身价千万的老总，被业内誉为“墓地皇后”。她说，当所有的人都倒下了，哪怕你是跪着，也是胜利者。她的名字叫唐朝。她说，如果你努力不够，那说明你痛得不够。

一个小渔夫的淘金梦

特里是美国伊利湖上的一个小渔夫，水性不错的他常年靠捕鱼为生。但即便是非常辛苦地工作，他一年捕鱼所得的收入也只能是勉强养家糊口。渐渐开始有些厌倦了捕鱼生活的特里试图改行，但又由于担心自己除了会潜水外，再无其他技能，因而没有足够的决心。

由于长年累月在伊力湖中潜水捕鱼，特里很快便发现了一个其他人不太知道的秘密，那就是在伊利湖中有许多沉船的残骸，有的保存得还相当完整。经过打听和查阅相关的资料，特里惊喜地发现，原来，伊利湖在美国历史上曾是一条重要的水上商业航道，在19世纪末之前曾有无数只商船从此经过，同时又因为这里水域环境变幻莫测，天气状况难以捉摸，因而时常会发生沉船事件，有记录的沉船事故就达1 200多次。

有沉船就表明船上可能有各种珍贵的东西，如古董、钱币甚至是黄金，如果能将它们打捞上来，岂不能大发一笔？但是，特里很快否定了自己的这个想法，原因是，这种“寻宝”的方式太费时间，而且风险大，因为不可能每只沉船上都有宝藏，得靠运气。

那么，如果自己只负责提供信息和潜水培训，吸引其他人来寻宝，不也同样能得到一定的报酬吗？而且用这种方式还只赚不赔，风险几乎为零。

这种错位思考方式让特里兴奋异常。说干就干，很快，特里就贷款在伊利湖附近成立了一个潜水寻宝培训中心。他先是花半年多的时间，摸清了一部分沉船的具体位置，并将其中一些沉船残骸的相片拍摄下来，然后放到网上，吸引人们的眼球。

但是这些沉船具体处在伊利湖的什么位置，他是坚决保密的，而只有那些愿意付出一定的费用给特里的寻宝者，特里才会跟对方说。

百年水下沉船，锈迹斑斑，神秘而未知，不可知的船上物件，珍宝、首饰、宝藏地图……这些新奇的东西一下吸引来了许多好奇者和寻宝者，特别是那些早就玩腻了高尔夫、厌腻了出入各种顶级娱乐场所的富豪，他们开始蜂拥而至。

而要想到伊利湖中寻宝，探秘百年沉船，寻宝者和富豪们必须首先要在特里那儿买上一套指定的潜水衣，并且租用他的氧气罐。接下来，还必须要接受特里为期一周的潜水寻宝培训，仅这两项服务，特里就能从中获得近5万美元的收入。

接下来，只要寻宝者或富豪们每次付出2万美元至8万美元的现金，特里就会把他们带到与之相对应的沉船水域里。越大型的沉船，船上越有可能藏着奇珍异宝，因此收费越高。同样，越隐蔽的沉船水域，收费的标准也越高。为了保证这项服务的持久性，寻宝者和富豪们还需要签订一份协议，禁止对外透露水下沉船的任何信息。

对于富有冒险精神的寻宝者来说，这是一次可能一不小心就能发横财的机会，对于富豪们来说，这种难得的体验比寻到宝藏更为有趣，而对于聪明的特里来说，财富开始滚滚而来。至于寻宝者们能否真的幸运地寻到宝藏，则全看他们个人造化，与特里无关。

2010年的6月，特里又别出心裁地从美国军方手中购买了一艘退役的水下潜艇，并将其改装成寻宝探险潜艇，对外出租，每租用一天的收费是8万美元。让他高兴的是，如此昂贵的收费丝毫没有影响到他的生意，前来租用潜艇的人络绎不绝。

自特里的潜水寻宝中心开张以来，目前已有近百名寻宝者和热爱水底探险的爱好者成为他的客户，让他从中赚得了一大笔财富，他再也不是那个浑身都是腥味的渔夫了，而是叼着雪茄，捧着红酒的美国超级富豪。

给别人一个梦，自己获得的则是滚滚而来得财富，特里成了最大的赢家。

什么才是真正的专家

作为目前中国最大的车轮制造企业，正兴集团的轮毂年生产能力超过1 400万套，居中国车轮行业的首位。

正兴集团董事长赖建辉，曾经在一次企业才人高峰论坛上提及一件事情，他说，在他们企业里有一个人才，此人并非专家，而且学历也很低，只是一个中专生。但是，拿5个车轮方面的专家或博士换这个中专生，他都不会答应换的。

赖建辉的理由很简单，因为此人才是真正的专家。

原来，正兴集团曾经遇到过一个阻碍企业发展的重大技术难题，那就是正兴所生产出来的轮毂有一个问题，当车在炎热的夏天或者时间跑得太久时，会导致轮毂发热、升温，如果不及时停下来休息，进而会引发一个很严重的后果——刹车失灵。

为了解决这个问题，保证驾驶员和车辆的安全，正兴集团专门成立了一个由5名顶级轮毂方面的专家组成的技术改进小组，他们都是赖建辉花高薪聘请过来的，既有实战派又有学院派，整日整夜研究如何给轮毂实施有效降温。

但遗憾的是，技术改进小组的专家们花了一年多的时间，草图、数据画写了一大堆，耗资500多万，依然毫无进展，没能拿出有效的方案。

这让赖建辉和其他几个知道内情的高层感觉到压力很大，因为他们清楚地知道如果再想不出给轮毂降温的办法，正兴集团迟早会出事的，而且一出就是关乎人命、公司遭受灭顶之灾的大事！

不得已，最后，赖建辉决定开始在全集团重金征集解决方案，这也就是一个试试看的法子，赖建辉并没有对此抱多大的希望，因为他觉得连专家们都解决不了的问题，普通的员工肯定更不用说了。

然而，谁也没有想到，征集解决方案的公告刚贴出两天后，便有一个在正兴轮毂车间流水线上上班的小伙子提出一个解决办法，赖建辉看到他方案第一页上的简介——中专学历，而且还不是车辆方面专业毕业的。

赖建辉不由自主地摇了摇头，但是当他打开第二页看了一会儿后，立即变得异常兴奋，一种出乎意料的激动迅速洋溢在脸上。

原来，小伙子提交上来的解决方案非常简单、可行，而且根本不需要什么高科技和资金投入，但是却非常有效。那便是，将轮毂全部设计成带有风洞的凹槽型（原先的是实心平板型），让整个轮毂形成一个由不同深度和梯度构成的钢槽结构，这样汽车在行驶的过程中，车轮边的风便能通过这些有梯度的凹槽和风洞，形成前后、左右自由对流，风一对流开来，便会自动达到帮整个轮毂降温的效果！

果然，当赖建辉采用了这套改进方案后，带有凹槽的轮毂再也没有发生过因为温度过高，而导致刹车失灵的现象，让正兴集团得以重现生机和发展。

而这正是赖建辉不愿意换走这名只有中专学历的小伙子的真正原因。因为他是正兴真正的专家，甚至功臣。

原来，真正的专家，并不是非要看你有多高的学历，发表了多少篇权威学术论文，而是要看你是否具备解决实际问题的真正能力。真正的专家，是说了你能懂，懂了你还能做到，做到后便会有效果和作用的人。反之，那些伪专家则是，说了你也不懂，即便懂了，你也做不到，做到了，也不会有效果和作用的人。

哈瓦那的“美元”计划

平均每两周就有一间房屋因年久失修而破败倒塌，原先的居住者也因此无家可归，流浪街头。更让人心痛的是，许多珍贵的历史建筑物也包含在其中，这便是20世纪70年代至80年代末，古巴哈瓦那老城区令人扼腕叹息的真实现状。

哈瓦那老城区曾先后被西班牙、美国，殖民和占领过，后在古巴前总统卡斯特罗的领导下，重归古巴的怀抱。由于历史悠久，建筑辉煌，殖民化和被占领化痕迹浓重，哈瓦那老城区在1982年就被联合国教科文组织列为世界文化遗产。然而，令人遗憾的是，由于古巴常年遭到美国的封锁，经济发展非常缓慢，基本上还处于贫穷的阶段，而哈瓦那老城区三分之二的建筑物因为年代久远都需要修缮，否则几年后都将纷纷破败坍塌，永不重现。

但问题是，修缮这些建筑物需要一大笔钱，人均月收入只有15美元的古巴人拿什么修？

如何融资成了哈瓦那老城区的一大难题。

1991年6月，古巴的一位历史专家里尔，提出一个叫“微型美元资本系统”的修缮计划，即拿老城区作为对外旅游开放的试点，用古巴最为出名的雪茄和悠久的城市历史来吸引外来旅游者，然后借助他们口袋中的美元来修缮老城区。里尔觉得唯有借助世界通用的美元，才能更好、更快速地完成修缮计划。

但里尔的这个提议一经提出便得到了哈瓦那许多人的强烈反对，封闭了许久的市民不愿意外来旅游者侵入，反美主义者更是对美元痛恨无比，他们甚至不欢迎任何怀揣美元的外国游客。

因为反对声过高，里尔的提议被迫搁浅，老城区的修缮依然处于停滞不前中，流离失所的人和破败坍塌的历史建筑物依旧有增无减。

可仅仅隔了不到一年的时间，1992年年初，同样是坚定的反美主义强硬派的古巴总统卡斯特罗却突然批准了里尔的“微型美元资本系统”的修缮计划，并命其立即执行，并称凡阻碍和违反此计划执行的人将是古巴永远的罪人！有了卡斯特罗的支持，里尔开始大展身手，在该系统的强行框架协议下，所有来哈瓦那老城区的游客，在住宾馆、吃饭、购物时必须使用美元。这些店铺的主人也只能接受美元！

果然，该计划推出不久后，就大获成功，拥有很大购买力和支付能力的美元资金不断朝修缮工程聚拢过来，每年有几千万美元之多。有了稳定资金的保障，每天都有5 000名工人开始在老城区的各个角落工作，而由古巴电视台播出的一档栏目《穿行哈瓦那》，每周都播放修缮的最新进程。

一些岌岌可危的历史建筑物抓住了最后的修缮时机，及时保住了，如曾经享誉世界的马尔蒂剧院、接待好莱坞明星和美国政客的佛罗里萨酒店等。更重要的是，修缮工程让人们看到了未来，保住了哈瓦那老城区丰厚的历史底蕴，而这正是城市历史的核心所在，它们将不再是美国人消遣的妓院和舞场。之前那些失去房子的人们又能重回家园。

仇恨和排斥曾经的敌人，不仅改变不了历史，而且还有可能毁掉未来，唯有正视现实，懂得适当“低头”，向对方借力，然后自我发力，方能最终成就自我。从这点上看，历史专家里尔和卡斯特罗显示出异于常人的智慧和英明，而正是因为这种智慧和英明创造了哈瓦那老城区崭新的今天和更加崭新的明天！

晋升与培养

很多中小企业的老总都会遇到这样一个困惑和难题——青黄不接，公司总是招不到一些优秀的新员工，培养不起来几个优秀的接班人。比如，营销总监几年都招不来一个优秀的营销经理；而营销经理也是连续很长一段时间弄不来一个优秀的营销人员，结果导致公司中高层管理者后继无人，想换掉一个都不行，只能是多年一成不变。

由于没有优秀的接班人和可替代的后备人才，造成老板们总是受制于原先的那些中高层管理者、公司元老和“能人”。

事实上，优秀的员工和优秀的接班人，外面有很多。只是，他们早就被公司的元老和能人给提前干掉了，希望他们为公司补充新鲜血液，只不过是老总们一相情愿的想法罢了。因为元老和能人们一旦招来和培养起优秀的新员工，他们自身的权威性势必会受到威胁，搞不好自己的位置还会被取代，谁会做这样的傻事？

如何解决这一问题？北京有一家大型的咨询管理公司摸索出一套有效的解决方案：所有中高层管理者如果没有培养起合格的接班人，就永远得不到晋升。

这家公司在全国各地都设有分公司，集团总公司的老总姓姜，从公司诞生那天起，姜总就在公司经理以上级别的管理者们的房间里的显眼位置贴上一张条幅——没有接班人就没有晋升。比如，营销总监如果你培养不出来一个好的接班人，就永远别想晋升为副总经理，副总经理如果培养不出一个好的接班人就别想晋升为总经理，总经理培养不出一个合格的接班人就别想晋升为大区域总经理，如此类推。

除了贴条幅提醒外，该公司还在实际中切实执行。比如，一次，姜总曾跟业绩很好的苏州分公司的一位李姓总经理说，如果你培养出一个合格接班人，我就把你调回到北京当总裁，至少能管3个区域。这位李总听后，大为兴奋，在不影响业绩的同时，开始将工作的重心转向培养自己的接班人上来。

一年后，苏州的这位李总开始给姜总打电话，说："苏州公司我已经培养起一个总经理了，他能力非常强，现在都是他在主抓市场，我只是充当一下顾问而已，你看我现在能不能回北京了？"

姜总说："好呀，但是你回到北京后，苏州的业绩不能下滑，一旦下滑，你就必须再回去，继续寻找和培养新的接班人。这是我跟你不能让步的约定。"

结果，这位李总在回到北京上任后，依然没有丢下苏州公司不管，而是经常通过短信和电话跟苏州保持联系，监督和指导苏州的接班人，并称，你一定要做得比我还要强，否则，当我重回到苏州，我们都没有脸面彼此相见。在他的监督下，苏州的接班人也不敢掉以轻心，业绩一直保持持续增长。

在这家公司还有另外一个案例，一位姓周的小伙子刚来公司因为字写得比较漂亮，反应也很灵活，在开展业务的同时，便被兼职安排成为姜总的御用"写白板"的人，也就是，每到姜总有公开的演讲和培训时，他都需要将姜总所说的重点写在白板上。由于业务做得不错，两年后他被晋升公司经理，可是每次他还要帮姜总写白板。于是，他便开始抱怨，我都是经理了，还要帮姜总写白板，有失身份呀。

这话被姜总听到后，姜总对他说："这不能怨公司，如果你找不到一个合格的接班人，你就必须永远都要帮我写白板。"结果，第二天，这位周经理就开始在公司基层员工中寻找到了几位字写得好、反应快的人开始培养，半年后，他成功解脱，不用为姜总写白板了，因为他培养起好几位优秀的写白板接班人。

“宜家”晚餐的第一道菜

不久前，导师受邀去宜家的德国总部做交流讲课，我陪同前往。第一天上午讲完课后，宜家德国企业文化部的一位负责人道恩先生，特意把我们领到德国的一家中餐饭店就餐，我们顿时感到了回家般的温暖。但等菜都上来时，我感到有些不快，只有四碟菜，而且全都是素菜，我开始在心里嘀咕，觉得这么大的宜家也太小气了。

好在，就在我们快要吃完时，终于来了一盘荤菜——红烧鲤鱼，鱼一上来，道恩便赶紧热情地邀请导师和我吃鱼，导师本来已经吃好放下筷子了，我赶紧又给导师添了一小碗饭，让他就着新上的鱼再吃点儿。导师只得重新拿起筷子，可吃了几口饭后，可能是觉得鱼不太好吃，或者是的确吃饱了，他并没有将碗中的饭全部吃完，而是剩了一点儿。

若是在国内，这再正常不过了，但没想到当道恩看到导师放下筷子不再吃时，赶紧上来询问导师：“教授，你吃好了吗？”导师点了点头，说吃好了。道恩又接着问：“你能确定吗？碗中的饭你不吃了吧？”导师觉得很奇怪，说，能呀，不吃了！

没想到，听完了导师的回答后，道恩立即把导师剩下来的那小半碗饭拿了过去，说，那让我来吃吧，公司不允许浪费的。导师的脸一下子红了，与此同时，他也发现其他人碗里都是干干净净的，没留下一粒米饭。我也感到非常不好意思，后悔不应该给导师添饭的。

然而，接下来，更让我没有想到的是，当我们晚上再次来到这家中餐饭店就餐时，端上的第一道菜居然是中午吃剩下的那半条鱼！

而作为宴请方宜家的代表，道恩却显得非常自然和淡定，丝毫没有因为上剩菜给客人吃而感到尴尬。于是，我便委婉地表示，宜家真是太节俭和朴素了。道恩点了点头，并饶有兴趣地向导师和我介绍了他们企业在外人看来是“离谱”的朴素和节俭。

道恩告诉我们，宜家的创办者坎普拉德先生，一直将朴实和节俭看成企业的立命之本，保留着北欧瑞典小农庄的朴实节俭文化，坎普拉德每次外出坐飞机时，都是坐经济舱，周末在菜市场买菜时，每次都要跟摊主讨价还价一番。而在宜家，所有员工都是一律平等的，哪怕是身居要职的副总们，出门时也得要坐公交车，非紧急事务，不得坐“的士”。

道恩还告诉我们，宜家在全球选择合作伙伴，首先要看的同样是对方是否具有朴素和节俭的品质。不久前，有两个日本人曾来宜家考察，考察后非常愿意跟宜家合作，但却遭到宜家的拒绝。原因是，这两个日本人来时开的车都是凯迪拉克，宜家认为，不能跟这样的人做生意，因为他们消耗的成本太多，因此无法做到让惠于顾客，这与宜家朴素的风格格格不入。

原来，作为全球最知名的家具物品生产和销售商，宜家坚持始终如一的朴素和节俭，让惠于顾客。这让我一下子明白了它为什么能从当初瑞典的一个小农庄手工家具店发展成今天在全球150多个国家和地区设有连锁店的大型国际化家居生产和销售企业了。

手机巨头缘何昙花一现

2000年之前，作为世界第二大手机品牌，爱立信在全球的市场占有率高达14%，仅落后于第一大品牌诺基亚6个点。此时的爱立信抓住诺基亚手机机型单一的弱点，不断自我创新，推出受不同年龄段群消费者欢迎的新机型，开始从诺基亚手中争抢过来一些新客户。

同时，由于爱立信手机只有10天的库存量，相对于有15天库存的诺基亚来说，能节省下一大笔库存资金，更利于降低成本。

因为有这两大优势，爱立信信心十足，想趁势击败诺基亚，坐上全球手机第一品牌的交椅，然而事与愿违，一场突如其来的危机却让爱立信的这一远大抱负毁于一旦。

2000年3月17日，爱立信和诺基亚的共同上游元件供应商，位于美国的飞利浦公司的厂房和生产车间，由于雷电的缘故，突然发生了一场大火，大火持续了30多分钟后才被扑灭，手机上的一些重要元件，如芯片、电池等在这场大火中遭遇到很大损毁。

三天后，爱立信和诺基亚便知道了飞利浦失火的这件事。飞利浦对他们说，大火所造成的后果不是很严重，一周之后便能恢复正常生产。

接到这个通知后，爱立信长松了一口气，因为其库存有10天的量，因此不会因为这次失火事件，造成手机元件供应不上而导致终端市场缺货，于是便没有将这件事情放在心上。

然而，诺基亚却采取了和爱立信截然不同的做法，虽然，其库存量远远大于爱立信，但是他们还是没有完全相信飞利浦公司的话，而是立即派出一位副总和几位随从人员，飞到飞利浦的厂房，然后赶到火灾的现场，查看了飞利浦的元件生产线，然后又约请了飞利浦公司的负责人，通过查看和谈话，诺基亚得出这样一个结论——7天根本不可能完成生产，最快也得需要一个月飞利浦才能完全恢复生产。

有了这个重要的讯息后，诺基亚立即马不停蹄地开始在欧洲的意大利和亚洲的日本寻找新的元件供应商，以替代飞利浦，组织他们立即生产原先由飞利浦负责的一切重要元件。

果不其然，7天后，飞利浦没能恢复正常生产。第10天依然还是没有恢复生产，此时，爱立信开始着急了，因为他们的元件库存已经全部用完了，而终端市场各个销售商的要货电话却连续不断，抱怨和不满声不绝于耳。

但爱立信却因为飞利浦公司的原因，束手无策，重新找元件供应商已经来不及了，只得拼命地催促对方尽快供货。而尽管飞利浦公司以最快的速度全力抢修，还是由于事前对事故评估不足，准备不够，直到大火发生后的第32天才恢复生产。

然而，整整22天的断货，给了爱立信致命般的打击，近6亿美金的订单全部鸡飞蛋打，除了诚信遭到消费者的质疑外，爱立信还丢掉了5%的市场份额，而拿到这个5%市场份额的不是别人，正是爱立信一心想取而代之的诺基亚。因为自身的增长加之爱立信的拱手奉上，到了年底，诺基亚在全球手机市场的份额第一次破了20%，跃升为30.7%。爱立信则下滑到8.6%。

品牌诚信度急剧下降，以及销售商们的巨额索赔，让爱立信难以再支撑下去，一年后的2001年4月13日，爱立信对外宣布关闭公司，从此退出消费者的视线。不久后，不甘心失败的爱立信又与另一个被韩国三星打败的难兄难弟前“索尼”手机重组推出一个新的手机品牌——索爱。然而遗憾的是，直到今天，索爱也没能重现爱立信当年的辉煌。

面对突如其来的危机，爱立信没能迅速建立起一整套应对的机制，而是盲目乐观地消极等待，最终把自己推向了万劫不复的深渊，而其对手诺基亚却因为反应及时，不但没有被危机击倒，反而借机轻松地击败对手。

如何巧用“免费员工”

微博和博客目前已经成为新浪的两大最重要的频道，它们也是新浪不惜重金重点打造的两个频道，比如，今年2月，新浪投巨资和央视合作举办了首届网络春晚，通过晚会上的微博活动环节宣传新浪微博。

为什么新浪如此重视微博和博客？最重要的原因就是，两者不仅帮新浪节约了大笔的成本，而且还帮助新浪解决了在新闻性战略路上严重被动的问题。

作为一家网络媒体，新浪没有新闻采访权，因此无法第一时间得到独家的新闻，但新浪又不能不做新闻，因此只能靠众多的网络编辑筛选和转载其他传统媒体上的新闻。但又因为传统媒体众多，每天各种各样的新闻也多如牛毛，因此要想筛选出网民感兴趣的新闻相当不易，工作量非常大，所需要的网站编辑人员也非常之多。但即便如此，依然不能保证新浪永远是重大新闻的第一转载者，因为与新浪做同样事情的网站很多，同质化严重，这一度让新浪感到很被动。

为了解决这个难题，新浪思前想后，最后想出开设博客和微博的招数，一下子改变了被动局面。

微博有传统媒体无法比拟的一大优势，那就是快捷，但是它的缺点是深度不够，因为每次只能发140字，而博客却不受此限制，两者正好互补。这下，快捷和深度都有了，而这两点恰恰又是新闻最重要的亮点。新浪开设了博客和微博，让众多用户、网民变成其新闻的生产者，能随时随地把发生在他们身边的新闻上传到自己的博客或微博上，还能实现不间断地连续报道，比如国内外的一些重大新闻最先都是通过微博报道出来的，之后传统媒体才会闻风而动，跟踪报道。

同时，因为博客是对所有公众开放的，只要你的电脑能上网就可以注册自己的博客，然后在上面发表你的看法和观点。为了解决深度的问题，新浪邀请一些专家评论员写出他们的深度看法，然后在博客首页的重要位置加以推荐，让网民们不再觉得只是简单的一个事件报道，看得非常过瘾。

现在要问的是，为什么网民和专家们愿意为新浪上传新闻和撰写深度评论呢？原因很简单，除了付少量的稿费外（主要是针对专家），新浪还能提高参与者博客或微博的点击率，而且还有跟帖，这个非金钱衡量的关注感和荣耀感是绝大部分人都无法拒绝的。

新浪有上千名编辑，但是作为两个重要频道的博客和微博，所用编辑却只有几十人，根本原因是这两个频道懂得如何去请别人为自己免费打工，让用户和参与者自掏腰包去为他们生产内容产品，从而极大地降低了制作成本。

和新浪以上举措有异曲同工之妙的还有湖南卫视的“超级女声”栏目和百度公司。参加“超级女声”的所有选手都是自助式的，她们需要自备服装，自掏来回旅程费，以及住宿费，同时还需要自己策划组织“粉丝团”，而这一切都需要大量的时间和金钱，如果都需要主办方湖南卫视来打理的话，那么，湖南卫视必将会亏得一塌糊涂。

聪明的湖南卫视决定利用参赛者想一举成名的心理，全部让她们自己参与，结果，选手们越参与越高兴，其原因同博客能获得点击率是一个道理，其中的一部分能成为佼佼者，冠军的诱惑力更是无法抵挡。

百度公司的关键词广告投放也是同样的道理，百度公司将关键词广告的投放后台交给企业自己，让他们可以随时随地去投放和修改新的关键词，完全是自动式的。这招可乐坏了企业，因为他们每投放一次或修改一次，呈现出来的广告收益效果都更加令人满意，于是越投越开心，乐此不疲。殊不知，其实获利最大的还是百度，这些企业等于是在替百度公司免费打工，把本属于百度客服人员该做的事给做了。试想，如果这些事情都由百度的客服人员来做，让他们整天坐在电脑前，按照客户的需求随时投放和修改关键词，那么百度投入的人力物力将是多么巨大呀。

进入微利时代的今天，许多企业都在想方设法地降低成本，新浪博客、超级女声以及百度关键词投放的管理方式，无疑是一种成功的做法。让客户或毫无关联的第三者成为企业的参与者，让他们为企业免费打工，帮企业节约成本，从而实现革命性的成本降低，让竞争对手难以赶超。

别具一格的公司年会

总部设在北京的某快捷酒店公司在全国有上百家分店，各分店的店长加起来也有百人之多，平时这些店长们都在最前线打理各个分店的经营，为公司获取不少利润。

但由于经常要处理顾客的各种投诉，分店的店长们常常觉得太累和委屈，再加之对现有的工资报酬也不是十分满意，因此不少人都在心里对公司高层领导不满。

那么在这种情况下，该如何稳住店长们的情绪呢，让他们心甘情愿地为公司提高业绩呢？由于无法满足物质薪酬上的要求，公司决定在精神上给予店长们鼓励。

他们灵活地利用每年公司一次的年会，在这次年会上做足了文章，独自摸索出一套别具一格的接待方式和交流方法，以此来温暖辛苦了一年的店长们，其具体做法是这样的：

首先，当全国各地分店的店长们纷纷赶到北京的会议地点报到时，一走进酒店的大门，便有一个特殊的“门童”主动上来替店长们拉门，接着，会有一排人站在店长们的面前，鞠躬迎接，齐声说道：“欢迎回到公司总部，这一年，辛苦您了！”店长们首先是一愣，然后定眼一看，才发现，这个穿着服务生服装的“门童”并不是酒店真正的迎宾，而是公司的董事长。而那些鞠躬的人，同样也不是这家酒店的工作人员，而全是总公司的高层领导！

这样一种接待的方式，完全出乎店长们的意料，这跟其他一些公司开年会，只能在进行工作报告时才能见到董事长的一幕完全不一样，感动便是很自然的事情了。

别具一格还在继续。

第二天，会议正式开始，店长们陆续进入会议现场，他们惊讶地发现给他们端茶送水的，不是工作人员，竟然还是公司的领导。“今天，你们是贵宾，让我们来为你们服务。”领导们这样说道。

这些店长平时都在下面服务别人，都被别人使唤惯了，这次却接受了别人的服务，而且还是自己的领导，自然出乎意料地再次被感动了一次。

一天的工作会议结束后，接下来的便是晚宴，与其他公司一样，晚宴的过程中，还有表演。

在这个环节上，这家公司同样与众不同，其他公司在表演节目时，通常都是领导们坐在最前排，占据着最好的观看位置，但他们不是，他们把前几排全部留给那些业绩比较靠前的店长，而公司的领导层全部不入座，那他们都在干什么呢？答案是在舞台上表演节目呢！

一般的公司，在台上又蹦又跳，卖力表演的则一定是公司的普通员工，而领导们只负责欣赏，这几乎已经成为一个惯例。然而这家公司却恰巧相反，在台上表演的全是公司的领导层，从董事长到各大区域经理。更稀奇的是，最出洋相、最丢面子，最搞笑的，都是职位更高的领导，比如董事长扮演的是猪八戒背媳妇，总裁扮演小丑等等。总之，出洋相的全由领导们扮演。

这样的表演让店长们觉得很特别，特别是一些新店长，感觉与公司领导们没有了距离，放下身价的领导们让他们感到特别亲切和可接近，因此，之前在下面受到的各种委屈以及对公司的不满和怨气全都没有了，一个个又兴高采烈地回去帮公司做事了。

好莱坞的“眉毛大王”

1979年3月的一天，德蒙尼·罗伯特出生在威斯康星州的一个普通的美国家庭里。让邻居和父母大为不解的是，从很小的时候起，德蒙尼似乎就对自己的眉毛特别感兴趣，只要一有空闲，他便对着镜子，琢磨自己的眉毛。他还将父母给的零花钱积攒了下来，然后从外面偷偷买回来镊子、剪刀和除毛贴，躲在卫生间里，乐此不疲地给自己修眉和画眉。

德蒙尼的这种独特“癖好”随着年龄的增长，越来越严重。一个男孩，居然经常给自己画眉，人们都难以理解，邻居和同学们经常嘲笑和戏弄德蒙尼，称其“变态”，学校里的老师也对他直摇头，不留情面地称其为“残次品”，但是这些嘲讽似乎并没有让德蒙尼“改邪归正”，反而更加坚定了他继续研究眉毛的决心。

高中毕业后，德蒙尼没有继续读书，而是在家人和朋友的一致反对声中开了一家小型的眉毛美容店。遗憾的是生意并不好。因为眉毛美容在当时完全是一个新事物，很多人听都没听过，更别说特意掏钱来打理眉毛了。

家人和朋友本以为德蒙尼会就此罢手，但是他们错了，一时遇挫的德蒙尼很快就发现自己的眉毛美容术应该是面向那些有这项需要的小众群体，而并非是普通的大众群体。

他立即决定将目标转向好莱坞女明星，因为他曾听说过好莱坞的女明星们为了吸引公众眼球，每个人都在使出浑身解数打扮自己，好让自己更具竞争力。好看吸引人的眉毛不正是她们赢得胜利的一个重要砝码吗？

于是，德蒙尼便从老家赶到了洛杉矶，在好莱坞明星汇聚地的比弗利山庄的后面开设了一家秘密的眉毛美容室，推出了专门眉毛美容服务——德蒙尼5分钟容颜提升术。他声称，通过修理眉毛，能使女明星们看起来更加容光焕发，魅力十足。他还表示，自己通过长达20年的潜心研究和琢磨，发现出色的眉形能够彻底改变一个人的容貌，其效果远远超过发型，而自己则能通过修修剪剪，将眉毛雕刻成完美的弧状。

莎拉·杰西卡、麦当娜和詹妮弗·洛佩兹便成了德蒙尼眉毛美容室的首批顾客，并且美容的效果令她们非常满意。

很快神奇的修眉术便让他名声大噪。之后，好莱坞的女明星们纷纷赶来，因为德蒙尼能帮她们画出弧状“弯眉”，让她们的眼睛显得更大，更能衬托出脸形，并且能将灰尘挡在眼睛的外面，所以让女明星们激动亢奋不已。

如今，每天都有50多名顾客光临德蒙尼的眉毛美容店。更出乎意料的是，一些好莱坞男明星也偷偷赶过来修眉，其中包括超级男孩乐队的成员，以及美国NBA和国家橄榄球队的众多球星和队员，还有一些顾客专门从纽约等地赶过来。

一次5分钟的眉毛美容收费是50美元，每天德蒙尼都有两三千美元进账。

现在，德蒙尼已经是好莱坞有名的“眉毛美容大王”了，他的弯眉术也成了世界眉毛美容界的著名品牌。

不在乎外界的评价和嘲讽，坚持将兴趣变为一生的事业，成功便有了眉目。眉毛美容大王德蒙尼靠着执著坚持和独辟蹊径，为自己赢得了一个精彩的人生。

贫民窟的胜利

里约热内卢是巴西重要的旅游城市，这里有极长的海岸线，而且终年气候宜人，沿海的沙滩地带更是风景如画，宛如仙境，这里是众多外国游客的必来之地。

就在这些美丽的沙滩风景区的对面不远处，却赫然呈现着另一道很不协调且非常扎眼的“风景”——无数低矮、破落不堪的房子毫无秩序地挨在一起，这里便是里约热内卢的城市贫民窟，里面住的全是贫困的外来打工者和低收入者。

随着越来越多的旅游爱好者的到来，政府感到这些沿海难看的贫民窟严重影响到城市的形象，甚至会阻碍旅游业的进一步发展。更何况，不少贫民也经常到风景区闲逛，他们的不良行为会给风景区带来负面影响。

经过研究，里约热内卢政府决定将贫民窟和沿海风景区隔离开来，在两者之间建立起一道高约2.6米，长几公里的混凝土隔离墙，这样便能将贫民窟遮挡起来，让这道破败难看的风景进入不了游客的视线；同时，贫民们便也不能随意进入风景区了。一句话，就是将贫民区和风景区彻底隔开。

2011年1月16日，隔离墙开始正式动工修建，几十个工人在市政府的指令下，开始挖沟砌墙。

但让市政府始料不及的是，修建工程进行的第二天，就遭到了阻挠。上百名住在贫民窟里的贫民纷纷拥到工地的现场，他们高声呼喊着反对修建隔离墙的口号，并声称，贫民窟对面沿岸沙滩上的美丽风景是他们在困境中顽强生活下去的一个重要慰藉，作为巴西的公民，他们有权利欣赏这幅大自然的美丽画卷！市政府如果要对他们合上这幅画卷，便是一种严重歧视穷人的行为。

贫民们一致表示，他们不反对政府取悦旅游者，但前提必须是不能牺牲他们的利益。

慢慢地，抗议的贫民变得越来越多，就连拾破烂的老人以及路边的小商小贩也都纷纷放下了手里的事情，加入了进来，他们纷纷表示，绝不退缩，也绝不忍让。

双方的这种对峙持续了好几天，以至于很快惊动了刚刚上任不久的巴西首位女总统迪尔玛·罗塞夫。这位被誉为“巴西母亲”的总统，在了解完整个事件的原委后，亲自给里约热内卢市长打了电话，在电话中，迪尔玛这样说道：“毫无疑问，里约热内卢需要吸引更多的旅游观光客来振兴经济，但这并不表示就可以牺牲掉我们人民的现有利益，里约热内卢现在要做的是，必须还景于民！我们绝不能做将穷人和富人隔离开的蠢事！”

在迪尔玛的干预下，隔离墙很快便停止了修建，贫民窟的贫民们又可以像往日一样，享受着大自然的美景了。而这一切，都是他们自己顽强争取来的。

天条不可破

7年前，他公司里有一个员工偷了厂房里一件价值200元的东西，被当场抓住，按照规定，第二天公司必须要辞退这个员工。

当天晚上，这个员工趁着夜色敲开了他的家门，恳求他放自己一马，不要辞退他，被他严词拒绝。一看老板这般“无情”，这个员工突然脸色一变，勃然大怒，从怀中抽出一把锋利的长刀，并以迅雷不及掩耳之势将刀架到他的脖子上，并扬言：“如果你不给我一条活路，那么现在我们就同归于尽。”这场突如其来的变故让他始料未及，但他并没有被对方的气焰吓倒，反而大声断喝道：“你有种就砍下来，我要是眨一下眼，就不姓黄！”

双方对视约有30秒，之后，这个员工突然放下刀，一下子跪在他面前，声泪俱下地说：“我上有70多岁的生病老母亲，下有十几岁正在上学的孩子，妻子又下岗没有任何收入。给我一条活路吧，以后我再也不敢了。”

听了对方的哭诉后，他弯腰扶起这个员工，同时将刀交回给他，说：“你走吧，公司的天条不能破。”第二天，这个员工被辞退了。

不错，他就是皇明太阳能集团的老总黄鸣，几乎每一个进入皇明太阳能集团的新员工，在接受公司培训时都会听到这个真实的故事，在黄鸣看来，皇明太阳能集团的企业文化是这样的：领导是有情的，管理是无情的，而制度是绝情的。制度是公司的天条，谁违反了公司的制度，都只能是卷铺盖走人。

而事实上，正是这样严谨无情的制度才使得公司员工有着高效的执行力，最终成就了皇明太阳能集团的今天。如今皇明太阳能集团的产品标准比国际上对太阳能所设计标准高出7倍，一举成为世界太阳能设备第一制造商。

第三辑

一把慢慢飞翔的剃须刀

从小文员到大CEO

早在上海交大读书的时候，他就通过信息分析预感到，旅游将是中国未来朝阳行业里的“朝阳”产业，于是从那时起，他便规划立志此生一定要从事旅游业。

1990年，从学校毕业后的他和几个同学一起应聘到上海新亚国际旅行社，由于是个毫无经验的大学毕业生，新亚只让他们当了一名小小的文员，每天的工作就是整理和打印各种资料、接发传真，和他一同进入单位的几个同学觉得这是“大材小用”，于是便纷纷离开了，只有他选择了留下来，而且这个文员一当就是一年。在他看来，要想深入一个行业，首先必须要从最基层做起，获得扎实的旅游市场知识，全身心地潜入“不受重视”的处境。

不出他所料，鉴于他认真扎实的工作态度，第二年，他便从文员升职到办公室助理，能够直接接触到业务了，并且有了自己的独特思考。如此一步步提升，4年后，他便做到了公司副总经理的位置，薪酬相当可观，让他的那些早些离开的同学羡慕不已。但他并没有因此而止步，极具创新能力的他，很快发明了具有统一市场价格的“新亚卡”，在上海旅游界引起不小的轰动。

很快，他又想到了申请800免费电话，当时800号码，整个上海的用户还不到100家，他觉得，作为一种全新的服务手段，800免费电话一定对公司的业绩非常有帮助，由于申请购买的人很少，因此他很容易便帮公司挑选了一个好号码，这个号在今年的价值已经达千万。

1999年，借助网络，旅游网站开始兴起，有一家正在筹划的旅游网站邀请他加盟，由于当时的旅游网站还很不成熟，同行中很少有人愿意去，没想到，他却毫不犹豫地去了，他觉得随着中国互联网技术的不断发展，旅游网站必将有无限前途。

一开始，网站主要是提供旅游信息和发布景点广告，由于是一家独大，初期的效益非常好，可很快，他便发现模仿者接踵而至，短短的时间内，全中国便涌现出300多家跟自己差不多的网站。

他敏锐地感觉到如果和他们这样比拼下去，依靠单纯的信息提供和发布广告肯定无法常胜，于是他迅速地将网站重新定位为以提供旅游产品为主，旅游信息为辅的路线。

为此，他推出了网站的旅游会员卡，拿着此卡在跟网站有合作关系的酒店和航空公司消费都能享受到不同程度的打折和优惠，此举一下子拓宽了网站的业务范围，由于其非凡的业绩，2003年，旅游网站在美国纳斯达克上市，成为中国第一家上市的旅游网站。

然而，真正让网站声名鹊起的则是3年后的2006年发生的一场“危机事件”。这年2月的一天，由于当天游客太多，网站的20多名会员在进入香港迪斯尼时，3次被拒绝入园。20多名会员自然是无比不满，媒体也跟风报道此事，公司处于一片慌乱之中。此时，他果断做出答复，诚挚道歉，并表示如果会员们不能按时入园，公司将赔付他们因此所造成的所有损失，并且再让他们免费进园一次，还免费为每位会员提供价值2000多元一晚的宾馆住宿。

此种以客户为上的应对措施，赢得人们的一致好评，媒体也对此举大为赞扬，没想到这次事件反而帮他做了一次免费的正面宣传。

此时，又有一家媒体的记者站出来，质问他那些游客是不是你们的托，这是否是一场提前策划好的公关事件。如果这次不是20人，而是2 000人，你还会做出这样的赔付决定吗？他淡淡一笑，说，那更要了，否则就是在砸自己的牌子！此次风波不仅没有让网站品牌受损，反而为其赢得良好的知名度和口碑。

不错，这个旅游网站的名字就叫携程，而他就是携程旅游网的创始人之一，携程前任CEO范敏，在他的带领下，今天的携程已成为中国第一大旅游网站，占据中国在线旅游50%以上的市场份额。携程通过向超过4 000万会员提供集酒店预订、机票预订、旅游度假、商旅管理、特约商户及旅游资讯在内的全方位旅行服务，被誉为互联网和传统旅游无缝结合的典范。

2010年携程先后入选《福布斯》“2010中国品牌价值排行榜”、Google排名榜“全球最受欢迎旅游网站”。而鉴于范敏在概念股上的杰出成就，他两次受邀在纳斯达克敲响开市钟，他也是中国目前唯一获得此等待遇的人。

而咬定职业规划不放松，同时具有敏锐的前瞻性，不断创新拓展自我，这便是范敏成功的最大秘诀。

米兰为何用黑人迎宾

米兰有一条知名的品牌街，在这条街上出售的商品全都是当今世界上最知名、最悠久、最值得尊敬的大品牌，如LV、香奈儿等。

不久前，我因公到米兰出差，其间，在几个米兰朋友的陪同下，我特意到品牌街上逛了逛。

其中有一家品牌专卖店给我留下了深刻印象，这家专卖店的店门和店头做得很特别，全黑色，一看就显得非常大气而尊贵。墙面和大门则都是用厚厚的黑玻璃做成的，给人感觉无比厚重。

因为大门很厚，我以为推开它时，一定得用上足够的力气才行，于是便作好了用力的心理准备。可就在我刚要伸手推门时，门却自动被打开了，而且是向内开的，很自然，并不是一般性地朝两边开。

于是，我便在心里暗想，这肯定不是电动的自动玻璃门，门后面应该还有一个迎宾，一定是他帮我拉开这扇玻璃门的。但事实上，我却没有看到迎宾，难道他躲在暗仓内？

可等我朝店里又走近了一步，定睛仔细一看，我乐了，果然如我所猜想的一般——有个迎宾，只是这个迎宾非常特别，你若是不仔细看，还真难以发现，因为他简直就像一根“黑木桩”！

此迎宾身材魁梧，个子很高，而且还是一个很黑的黑人。更让我出乎意料的是，他全身的装扮也同样是清一色的黑色——身着一套黑西服，黑衬衫上面打着一个黑领带，脚下穿着一双黑袜子、黑皮鞋，还有就是他面部表情始终严肃，看到我们进来，既不颔首鞠躬，又不握手、打招呼，完完全全一个“木头人”！

对此，我刚开始感觉到非常不解，后来通过店长介绍，我才知道，原来，放这么一个黑人迎宾，是这家品牌专卖店专门设计的。

一身黑的黑人为的是让其与整个店面的墙体和玻璃大门一致，不招顾客的眼，同样不让他微笑，不是不尊重顾客，而是不让他露出自己的白色牙齿，以免破坏了整体以黑为主色调的店面装饰。而不鞠躬、不打招呼，目的也是为了不让顾客分神，同时没有进店后的压力感。总之，所有的一切都是为了让顾客将注意力全都放到专卖店所售的商品身上去，而不是分散他们的这种注意力，他们不让顾客关注和商品品牌无关的任何事物，包括里面的服务员。

在我们参观和挑选商品时，没有一个服务员跟在你后面唠唠叨叨，介绍这里，解释那里的。

这与国内大相径庭，在国内，大多是顾客刚一进门，迎宾就会来上一句“欢迎光临”，声音还特别大，生怕小了显示不出他们的热情。同时，你走到哪里，服务员就跟到哪里，不停地为你介绍，生怕顾客不知道他们产品的好。

更闹心的便是，不少商品还在电视媒体上不停地在喧嚣、在叫卖，如，反复地在叫嚷着什么“今年过节不送礼，送礼就送什么什么”，令人厌烦，然而，我们却很少能看到世界性的知名品牌这样做。

出了这家专卖店后，我还从米兰朋友那里了解到，像这家专卖店的这种情况在米兰很普遍，米兰包括整个欧洲的一些发达国家早已进入商品人性化的服务阶段，为此，他们在细节上下足了功夫，全力替顾客和商品品牌着想，以达到真正的人性化，获得持续的品牌生命力。

原来，在米兰，人性化的服务还真不是一句宣传的口号，国内的企业与他们相比，还是有一定差距的。

吃饭都爱国的韩国人

我早就听说韩国人爱国情结浓重，比如只买本国产的汽车和手机，但是也只是听说而已，并没有切身体验过。

等到了韩国后才发现果然一点儿不错，而且我还发现韩国人就连平时到饭店吃饭，也同样不忘每一顿都要坚持“爱国”一下。

这还要从去年年初，第一次去韩国时说起。在与韩方谈好事情后，韩方公司的国外市场营销部的经理朴恩健先生请我吃饭，吃的是韩国料理中的牛排。进入饭店后，服务员递给我们菜单，朴恩健客气地请我点菜，我看了看菜单，每份牛肉种类都有两份价格，一份是便宜的，另一份是贵的。出于礼貌和帮朴恩健节省费用，我所点的牛舌、牛鞭、牛排等都是便宜的。可没想到，最后朴恩健却全部让服务员给改掉了，全换成贵的。

菜单下完后，我对朴恩健表示了感谢，并说，其实没有必要全点贵的，节约没什么不好的。谁知朴恩健却摇了摇头，然后称，自己并不是为了客气和节约，而是为了能爱国。看我一脸的不解，朴恩健进一步解释道，贵的那份是韩国本地产的牛肉，而便宜的那份是美国产的牛肉。之前，当美国开始对韩国出口牛肉时，韩国的民众曾多次要求减少进口美国的牛肉，害怕美国的牛肉一旦大举进入韩国市场，会导致本国的养殖户受损，最终损失本国的利益，但是根据WTO的贸易协定，韩国政府又不能这样明目张胆地抵制美国牛肉。

看到政府无能为力，韩国民众最后自发养成一种习惯，那就是再进饭店吃牛肉时，只选韩国自己国家的牛肉，虽然这样价格至少要贵上一半，而且家庭自行购买牛肉时占优势的还是韩国牛肉。

朴恩健还告诉我，在韩国，不仅是牛肉，其他的商品也大多是如此，由于韩国人的这种爱国行为，致使本国商品非常实惠，除首尔外，韩国的其他城市的物价水平比中国的上海都低，而他们的实际收入却远高于上海。

几个月后，朴恩健来中国，等办完所有事情时已经是晚上快八点了，该是吃晚饭的时候了，我便代表公司邀请朴恩健去公司附近一家最具特色的中国餐馆，想让他感受一下中餐的魅力。再次让我没想到的是，朴恩健却恳求我带他去由韩国人开的韩国饭店里去吃。

更要命的是，一出门才知道此时外面刚好在下雨，道路拥挤不堪，车堵在路上根本走不动，我再次对朴恩健说："要不，我们明天再去吃吧？而且中国的菜肴有着几千年的文化，你不尝尝？"

朴恩健还是不停地摇头，他说自己无论在哪个国家出差，只要当地有韩国菜馆，他就必须得到那里吃，并不是仅仅在中国才这样。我问："那是为什么？你是担心中国的饭店不干净或者是不合你的口味吗？"

朴恩健立即解释道，韩国有几十万人在全世界各地开设餐馆，不仅为韩国获取了许多外汇，而且还传播了韩国的饮食文化，每个韩国人都为此而感到骄傲和自豪，因此只要他们有机会出国，都会尽量选择异国的韩国餐厅去用餐。

那天晚上足足找了两小时，最后我们才找到那家最近的韩国餐厅。之后，每年来中国，朴恩健都是非要到韩国的饭店里吃饭，他的几名同事居然也是这样的。后来我才知道，这在韩国的所有外企里基本上都是一个不成文的规定，大家都很自觉地执行，很少有违背的。

无论身处何地，无论面对怎样异国风味菜肴的诱惑，韩国人，至少是像朴恩健一样的韩国人都坚持在本国人开的饭店里吃饭，这种爱国的坚持实在难能可贵。

拒绝“做大做强”

奥地利的萨尔茨堡，是一个人口只有20多万的小山城，但由于它是音乐天才莫扎特的出生地，它在奥地利乃至整个欧洲都小有名气。然而，真正让萨尔茨堡在全世界名声鹊起的，还是因一部奥斯卡获奖电影，它便是《音乐之声》。

1965年，电影《音乐之声》在萨尔茨堡取景拍摄，在全球公映后，萨尔茨堡那些如同世外仙境的景观令观众大为惊讶。从此，来自世界各地，特别是欧洲的游客纷纷拥入这座山城。最近几年，每年的参观游客达30万之多。

萨尔茨堡政府看到了其中的巨大商机，在专业策划公司的建议下，决定将《音乐之声》取景地的旅游做大做强。

首先，在萨尔茨堡建立一座规模宏大的《音乐之声》影视基地，基地囊括了电影里的所有景点，游客在这里可观看到当年《音乐之声》拍摄的情景以及电影里的珍贵道具。此外，还准备建筑宾馆、饭店和娱乐设施，以及将影视基地出租给剧组拍摄影视剧。

影视基地首期计划投资10亿美元。萨尔茨堡政府没有足够的资金投入，于是决定在全欧洲公开招标，以招商引资的方式寻求合作。

2010年5月10日，萨尔茨堡政府正式在网上对外发布招标信息。短短一周内，全欧洲就有20多家公司发来竞标书，其中有两家还是世界500强企业。因为这些企业深知，基地一旦建成，每年到此的游客至少达到100万，这比原来将增加三倍。仅从每位游客身上赚100美元，一年就有上亿元的收入，用不了多久，就能收回成本并实现盈利。

在两个多月后开标的当天，一场意外却发生了。一大早，数百名萨尔茨堡居民围堵在政府的大门外，他们高举反对政府建立影视基地的横幅，要求政府立即取消当天的开标活动!

这一突发事件让萨尔茨堡政府措手不及，只好答应与居民代表坐下来谈判，了解他们反对的原因。

谈判一开始，萨尔茨堡政府就大谈基地建成后的巨大经济效益和各种好处，然而，居民代表根本不吃这一套，他们很干脆地亮出自己反对的理由不欢迎越来越多的旅游者挤爆他们的家园，侵占山城的资源。

代表中的一位年轻的少妇称，现在萨尔茨堡已有许多外来旅行社，他们设计了诸多包括“萨尔茨堡名胜古迹游”、“寻访莫扎特足迹游”等旅游线路，并带着游客们整天到处乱走，让原本安宁的生活变得越来越不安宁了。以往，年轻的父母们可以推着婴儿车，带着自己的宝贝孩子在大街上悠闲地散步，还可以放心让稍大的孩子到大街上蹒跚学步。但是现在不行了，婴儿车在熙熙攘攘的人流和车流中难以前行。一不小心，孩子就会被旅行社的大巴和背包客的大包碰伤。

一位老年人代表称，多年来，我们的肠胃和身体已经适应了我们自产的原生态食品，但是，现在它们却大量被游客消费掉，如果游客再翻上几番，我们老年人的健康食物供应必然会遭受更大影响。

接下来还有代表称，游客增多和影视剧组的进入，会加大山城的污染……

“如果以牺牲我们的安宁和健康的环境为代价，换取来的大捆钞票根本没有用。那么我们将对上帝发誓，坚决反抗到底！”这是居民代表的最后申明。

鉴于人们的激烈反对，且反对的理由相当在理，萨尔茨堡政府最后不得不宣布基地招商无限期搁浅，维持萨尔茨堡旅游业现状。

“世界岛”的源头活水

“世界岛”是继棕榈岛之后迪拜的又一个大手笔，总耗资将达140亿美元，堪称现代“世界第八大奇迹”， 它是在距迪拜海岸4公里处的一块长9公里、宽7公里的海域内，按照世界地图的布局围海造田，兴建起300多座2.3万至8.4万平方米不等的人工小岛屿，整个岛占地面积与曼哈顿相当。完全建成后，整个岛上将会拥有8 000多个豪宅和公寓，每年能同时容纳和接纳25万定居者和观光客。

但世界岛面临一个不可回避的难题，那就是每年两次从北方吹来的狂风——夏马风的袭击，夏马风通过世界岛时会卷起2米高的巨浪，这些巨浪所产生的巨大能量能轻易冲走由3.5亿立方米的沙土和3 000万吨岩石填筑而成的世界岛。

为了让世界岛能躲过夏马风的袭击，设计团队最后决定仿照先前的棕榈岛，建起一段长达25公里的阶梯型防波堤，防波堤能够将巨浪挡在世界岛的外面。

负责防波堤工程建设的是荷兰人罗纳德·史蒂夫，2004年3月，防波堤正式开建，一块块巨石被源源不断地垒积起来，工程进展非常顺利。一年后，防波堤便建到了13公里，与此同时，世界岛上越来越多的小岛屿纷纷破浪而出，然而就在此时，一个棘手的问题出现了——史蒂夫发现，巨浪是被防波堤挡住了，但是原先从外面流进来的海水也被阻挡，再加上世界岛里各个小岛屿之间的水道比较狭浅，淤泥也很多，因此整个岛内的海水流动缓慢，有些地段甚至是停滞不前！这也就意味着，未来的世界岛将会变成一摊死水，甚至会变成一片发臭的沼泽之岛！

然而，这还不是史蒂夫真正所担忧的，因为世界岛与购买它的众多“岛主们”所签订的合同里并没有需要保持海水自由流动这一条款，他真正所担心的是，世界岛水里的生物，如鱼、虾、珊瑚礁等将会因此遭遇灭顶之灾！

史蒂夫立即把这情况报告给世界岛的开发商，并提出自己的解决方案——将防波堤开4个口子，分成5段，以便外面的海水能进来，实现对流，同时挖出岛与岛之间水道里的淤泥，并填充进人工礁石和炭岩以固定，这样水道便会变深变宽，淤泥也不会阻挡水流了。

切开防波堤不费事，但修正水道投资方则需要新增7 000多万美元的投入，因为各个小岛屿之间的水道太多，交叉口也很多，因此还要动用数码卫星定位系统，以确保将人工礁石和炭石投放位置的误差降到最低。

由于增资过度，一开始投资方并不同意，他们认为史蒂夫完全是在自找麻烦，根本不必在意世界岛水中的生物，反正岛外的水中生物有很多。但最终他们还是在史蒂夫这个视海洋环境为生命的荷兰人的坚持以及由他找来的“帮凶”——激进的环保人士和迪拜媒体的呼吁下点头答应了。

当整个改建工程完成后，史蒂夫和其他营建人员欣喜地发现，各个小岛屿之间的海水又开始以正常的速度流通了，更让他们没有想到的是，由于投入了许多块新的人工礁石和炭岩，很多海洋里的生物竟把这些人工礁石和炭岩当成新的栖息地，纷纷来到世界岛安家落户！

这样，人们在世界岛里潜水和游泳的时候便能清晰地看到它们，能与它们和谐相处，而这个出乎意料的“景点”居然成了世界岛一个新的重要“卖点”，让之前近百位犹豫不决的买家纷纷果断出手，签订了认购合同，让投资方心里乐开了花。与此同时，不少游客也纷纷到此旅游，观赏世界岛的水下生物。

世界岛还给生物一片赖以生存的海域，而这些生物又为世界岛带来了新的利益增长点，这是人与自然共赢相处的又一个完美案例，当然，罗纳德·史蒂夫是这一完美案例的第一推动者和贡献者。

为员工提前买好墓地

为了留住人才，除了不菲的薪水和奖金外，公司还会别出心裁地想出另一种奖励措施——提前给员工买好墓地，以解除员工的“后顾之忧”。投桃报李，员工们对企业也非常忠诚，甚至他们都要在公司年会上给上司敬“尽忠酒”，这种酒的敬法非常奇特。这是我不久前在日本拜访一位大学同学得知的一则真实趣闻。

我的大学同学杜敏，毕业留学日本后，留在日本关西的一家大型咖啡企业里工作，从最初的底层员工到现在的部门主管，薪酬一年一个台阶，工作环境也非常之好。

不久前，我去日本顺便到关西看望杜敏，他专门请了两天假，领着我到处逛逛。等到了最后一个行程时，杜敏神秘地对我说：“带你去一个地方，我将来可能永远都要‘住’在这个地方。”

车大约行驶了半小时后，我们便到了杜敏所说的那个地方。一走下车，我吓了一跳，起初还以为来错了地方，原来这里是一大块公共墓地，眼前看到的全是一块块竖立在红花绿草中的墓碑。

看到我满脸的惊讶，杜敏并没有急着解释，而是带着我走到这块墓地的一块空白处，他指着一块空白的墓碑，对我说：“这就是我以后的永久之家啦！几十年后我死了，如果不回安徽的老家，就会永久地埋在这里。”

这番话让我大吃一惊，杜敏40岁还不到。“这么早就给自己买好墓地了，难道日本的墓地和中国一样，也在天天涨价？”我不禁问道。杜敏听后哈哈大笑：“当然不是呀，这是公司帮我买的，作为实物奖励给我的！”

公司居然奖励墓地给员工？这我倒是闻所未闻。杜敏连忙解释说，这在日本已经不是什么稀罕事了，在不少大企业里都相当流行，如日本的航空公司、电信公司和知名的电器公司，都有这项奖励。目的是为了奖励和留住那些优秀的人才，让他们永久记得公司的好和对他们的付出，因为墓地的确是在不断升值，等于送给员工一份在不断增值的不动产。

杜敏还说，买下的墓地，公司会给受赠的员工一份墓地产权证，百年之后，受赠者便可以凭着这份产权证名正言顺地住进墓地里去了。受赠者活着的时候，平时在闲暇之余，还可以经常来墓地坐坐，给墓地修葺一番，栽栽花种种草什么的，装扮一下自己的“永恒之家”。这种感觉非常奇特，能让受赠者珍惜眼前的一切，当然也会对公司多出一份忠诚和感激。

而事实上，企业的这种替员工着想的良苦用心也的确得到了不少的回报，许多员工深受感动，特别是本来就有忠诚之心的日本人。杜敏举例说，比如他所在的咖啡公司，每年都有年度总结表彰大会，大会上有一个固定的活动，那就是在例行的晚宴上，下属要给上司敬酒，通常被称为“尽忠酒”。这种酒的敬法相当奇特，一般是几个下属员工同时来到上司的面前，他们先是一起跪倒在地，然后每个人脱下脚上的鞋，然后再脱下袜子，再然后，会把脱下的袜子毫不犹豫地放进自己所拿的装满了酒的酒杯里。他们会举起酒杯，神情庄重地对上司说，感谢一年来，您对我的栽培和不弃，来年，请您继续带着我，给予我更多的帮助和提携。说完了这些，每个人都会把浸着自己刚脱下来的袜子的酒一饮而尽。

杜敏说，刚开始，他非常难以接受这种表忠诚的方式，要知道，有袜子味道的酒可是相当不好喝呀。直到后来他才慢慢适应，觉得这可能就是他们公司的一种企业文化吧，因为日本人觉得人人都感觉到不习惯、别扭的，那一定是公司的制度，而人人都觉得非常习惯、习以为常的则一定就是企业文化。

会议记录当合同

大哥在东京的一家大型机械销售企业里上班，前不久，我去看望他，问了他这样一个问题：日本企业与企业之间做生意跟中国有什么不同？大哥说，最大的不同可能就是日本人做生意时比较能彼此信任，非常注重诚信吧。

大哥给我举了一个日本企业用会议记录当商业合同的例子，以证明自己的观点：

大哥说，在日本企业里，无论开什么工作会议或生意上的商谈合作，不管非正式还是正式的，都需要有一个记录员在一旁进行记录，一旦散会后，所有参会的人员都必须要阅读这个记录，确定所记录的是事实后，再在上面签个字，表示自己参与了，并认同记录的所有内容。

一开始，大哥非常不习惯，觉得太麻烦了，因为无论是两到三个人的小会，还是数十人的大会，全都需要如此这般。

有时，就连随便聊聊天，根本没有什么主旨的内容，也都要有记录和签字。比如，出差途中，顺路去拜访一个已经购买了本公司机械产品的客户，问问他们机器用得如何，有没有什么需要帮助的。也就是一个客气性的回访，有时也会跟着对方一起去车间实地看一下机器的运转情况，双方边走边聊。每当此时，客户一定会让一个记录员迅速地跟在你的身后，你走到哪里，记录员就跟到哪里，一刻也不会离开你，随时记录下双方的谈话内容，结束后，再请双方签字，即便谈话的内容只有寥寥数语。

因此，在日企里工作时，人们很少会谈个人的私事，比如问问对方的家庭情况呀，孩子在哪儿上学呀，因为旁边有人记着呢。

那么为什么日本企业要事事有会议记录呢？这是有原因的。在日本企业与企业之间，达成某种合作，很少有合同，不像国内，合同多得甚至有好几百，条款名目众多，既然没有合同，那么以什么为凭证和依据呢？答案还是会议记录！

因为在他们看来，会议记录包含了所有达成一致的洽谈谈判内容，比如产品价格、交付日期等信息，然后双方同意签字，其实已经是正式的文本了，完全没有必要再弄一份合同，也许有人会问，合同可能更规范、更具体些，但日本人不这样认为，他们觉得一切都按照会议商谈达成的协议来，该规范和具体的都已经谈过了，没有必要再画蛇添足。

也许你会问，合同一般都是两份，双方各执一份，会议记录也有两份吗？答案是肯定的，当一方离开后，负责记录的这方会立即把双方签个字的会议记录传到对方的公司里，对方只要拿着会议记录就可以生产或供货了。非常简单，这都是约定俗成的，没有谁说：“这不是合同，没有法律效益，完全可以违反或不执行。”

大哥还介绍道，日本的企业间的合作非常讲诚信，很少有赖皮和互相推诿的事情发生，例如，有一方一旦有违背会议记录的要求，比如，货迟发了几天，收货的一方不必担心，对方会自动地按照之前达成的协议，按照会议记录上面的进行赔付，一方根本不需要拿着证据来要求对方赔，更很少有闹到法庭上的程度。这种彼此信任的关系令很多外国人大为佩服！

琅勃拉邦僧侣的味觉

琅勃拉邦是老挝的旧日时光小城，曾经的这里如同一个时光静止的城池，生活在这里的几万居民，平日里都是慢腾腾的，连走路时都轻腿轻脚的，好像生怕惊动了脚下的泥土。总之，对于琅勃拉邦来说，所有的美和诱人之处都在于它几千年都几乎是一个模样的静止永恒之美，仿佛一切稍动即逝。

琅勃拉邦的这种静谧之美还与它拥有众多崇尚清静的寺庙有关，作为老挝的传统的佛教中心和代表，面积不到10平方千米的琅勃拉邦城里一共有50多座寺庙，僧人上千。随时随地，行人都能在小城里，看到一个个身披红袍，或在某块石头上打坐念经，或赤着脚边走边数佛珠的僧人。佛教是这座小城的灵魂，既是人们的一贯信仰，也是社会规范的所在和评断是非的标准。

布施敬僧仪式是琅勃拉邦最据代表性的一种敬佛活动，也是最神圣的一种宗教仪式，因为僧人们平时不参与耕种劳动，寺庙里也不供应伙食，因此，僧人们平时的饮食则全靠小城里的布施者们赠予，对于布施者们来说，这是一种莫大的虔诚和荣耀，他们乐此不疲。

每到午餐时间，一个个在腰间挂着竹篓的僧人会在各个寺庙前的布施小道上有秩序地走过，早已等候在道路两旁的布施者们，则会从事先就准备好的食盒里抓出一把把喷香的米饭或玉米粒来，然后挨个放入经过自己面前的僧人们的竹篓里，僧人们也没有过多的要求，布施者给什么，他们就吃什么。不挑食，也不偏食，更不会提出饭菜要求新求变的要求。

然而，近几年来，琅勃拉邦的这一永恒之美和虔诚的敬僧仪式却随着旅游业的到来，逐渐失去往昔的一份神圣感和尊严感，由于需要修建旅馆，琅勃拉邦城里的一些本地人被逼着搬离出去，由于本地居民的离开以及游人的干扰，给僧人布施的当地人开始越来越少，僧人们开始面临着每天都吃不饱肚子的窘境，经过一段痛苦的挣扎后，他们只得不好意思地开始救助于游客，游客们也在各大旅行社或明或暗的约定下，成为了新的布施者，于是传统的敬僧仪式变成了一场表演秀，游客们给的食物已不再是最简单最常见的米饭或玉米粒了，而是各式各样的新式食品——饼干、火腿肠、方便面、奶糖、水果，甚至还有咖啡、汉堡，按照一贯的传统，僧人们接受布施后要当着游客的面，把这些食品吃下去，而且还要表示出很喜欢方才显得礼貌。

于是，一个个令人哭笑不得的进食场景出现在人们的面前：僧人们一个个强迫着自己吞下那一份份他们的肠胃很不习惯的食物，目的只是为了单纯地填饱肚子，好活下去。

更糟糕的是，寺庙边的旅游商店也开始瞄准这一新的商机，他们知道游客们不可能都事先准备好布施的食品，他们大部分人需要在附近买，于是店主们开始纷纷出售一些包装精美、实则无太多内容的食物，因为这样利润大，而传统的米饭或玉米粒，已经很少有人出售了，理由一是利润薄，二是烹饪麻烦。

更麻烦的是，当僧人们接受了游客的布施后，还被要求跟他们拍照留影，被相机的镜头和闪光灯折腾个不停——曾经的灵性和神性在此时不再被尊重和顶礼膜拜。僧人开始困惑，他们觉得琅勃拉邦正在失去自己。

曾经在相当长的一段时间里，老挝与世隔绝，发展缓慢，人们不富裕，而大约就在5年前，这个只有600多万人口的国家突然觉醒了，开始大力发展旅游业，依靠老挝特有的文化吸引世界各地的游客，他们认为，和印度、中国云南和泰国有着不分上下的特有历史文化，上述的几个国家和地区都能借助旅游业大笔赚钱，如果他们仿效，也一定能有所获得。于是，老挝开始大力发展旅游业，于是，无数游客开始进入像琅勃拉邦这样的时光小城，于是，一切开始变味，包括僧人们延续了几千年的味觉。

面对现代化的诱惑和外界不同文化的进入，琅勃拉邦的僧人们正在尴尬地被动应付，而这也只不过是老挝众多尴尬被动的一个缩影。

加尔各答的鲁琪拉妈妈

在印度最大城市加尔各答的大街小巷里，暗藏着很多“红灯区”和赌场，一些失去丈夫，被生活所迫，甚至是被黑帮所控制的妇女不得不依靠出卖自身的肉体来维持生计。因为在印度，当妇女死了丈夫或者离婚后，都会被禁止从事许多工作，所以很多人成为妓女。因为这份特殊工作的关系，她们也就根本无暇照顾和教育自己尚未成人的子女。

更糟糕的是，这些妇女和嫖客的交易地点往往均是在自家简易的塑料房里，不仅简陋，而且空间非常狭小，因此每次在性交易时，她们的孩子们常常就在一个薄薄的塑料板的另一面，这对孩子们造成了极大的心理创伤，特别是对一些女孩。

危害更大的是，很多女孩因此被掠食者和黑帮抢走，然后被推入火坑，成为和她们母亲一样的人，据印度官方统计，在印度约有300万名妓女，其中百分之四十都是未成年的青少年甚至儿童。而一些男孩则成为皮条客或赌徒。

从2003年起，作为国际志愿者协会的会员，英国人鲁琪拉便开始踏上了为拯救和保护这些妓女的子女而征战的道路，她先将他们安置到自己在加尔各答的家中，每周他们都可以在适当的时候探望自己的母亲，并请来专门的老师给孩子们上课，为了让孩子们能了解外面的世界，鲁琪拉还在家里安装了电脑，让孩子们能享受跟外面正常家庭的孩子一样的教育。

由于耳闻甚至目睹过自己母亲做性交易时的情景，许多孩子心理上都存在着严重的问题，他们对成年男子既害怕又仇恨，同时无比自卑和迷茫失望，对未来打不起信心，之前，很多女孩都“女承母业”，早早就加入了卖淫的行业。

为了让这些孩子的心理健康，鲁琪拉自学医学，然后担当起孩子们的心理医生，帮助他们走出心理的阴影。每天的课余时间，鲁琪拉还把女孩子们打扮得漂漂亮亮，教她们唱歌跳舞，培养她们的自信心和对自己身体的爱惜以及保护。

每天放学后，鲁琪拉带着孩子在妓院和赌场之间建立起一个小型庇护所，平衡孩子们和母亲们的需求，让他们能见到彼此。

卖淫的妇女们对鲁琪拉充满了感激，生活的艰难，失去丈夫的无奈本来让她们对未来丧失了信心，但现在每天能看到自己的孩子平安无恙，而且还能接受到良好的教育，这重新点燃了她们生活的勇气，成为支撑她们好好活下去的力量。

当然，因为“多管闲事”让当地黑帮利益受损，为此，鲁琪拉曾遭到过多次恐吓和迫害，好在机警的她，凭借着当地政府和善良群众的帮助得以坚持下来了。

现在，第一批由鲁琪拉带大的学生已经学有所成，走向社会，有了一份份受人尊重的工作，并且成为庇护所新的志愿者。他们以自己的经历为后来者做榜样，帮助小弟弟、小妹妹从母亲的阴影中走出来，以健康的心理重拾外面的阳光。

“改变不了这一代，那就设法改变他们的下一代吧。”这是鲁琪拉的原动力，庇护所里的每个孩子都曾亲切地称她鲁琪拉妈妈，但每次都被她及时制止，她的理由是，怕孩子们因为经常叫她妈妈，而忘记他们自己的亲生妈妈，忘记将来要将她们拯救出来。

中学开设情绪养生课

每个学生每年要对自身的情绪进行规划，既要“减负”又要“减幅”，统计过去一年生了几次气，有几次不愉快的情绪波动。

每周开设两堂情绪养生课，教授学生如何学会控制和规划好自己的情绪，保持生理和心理上的持久平衡，以达到减少生病概率、延年益寿之目标。这是不久前我在加拿大温哥华的一所叫雷蒙德的私立中学了解到的。

“雷蒙德”位于温哥华的市区，学校认为，情绪养生课其实是为了帮助学生培养起对生活的良好情绪和积极态度。问及为什么要开设这个稀奇古怪的课，“雷蒙德”的创办者、校长埃里森先生称，最初是缘于加拿大医院临床病患的一项统计数据。该数据表明，许多病患者包括一些绝症患者，其病因是由于没能控制好自己的坏情绪。事实上，坏情绪负面力量相当强大，它会在身体上留下一道道印痕，这些印痕会深深地伤害到你，而且是终身的。然而很多人却并不知晓，平日里胡乱发脾气，日积月累地让坏情绪在潜移默化中伤害自己，比如，肠胃消化疾病、代谢异常以及内分泌失调、重度抑郁都与坏情绪有着直接的关系，坏情绪是导致这些疾病发生的“罪魁祸首”。此外，经常性情绪差的人，还会导致自身的免疫力下降，工作能力和思维能力也会随之下降，严重的甚至会出现无法适应社会的后果。糟糕的坏情绪还会导致家庭破裂，社会不和谐。加拿大离婚的夫妇中，因为控制不好自己的情绪伤害到对方致使婚姻破裂的大有人在。

但同时，情绪又是可以控制的，每个人只要掌握了一定的方法和技能，就能很好地驾驭它，让负面情绪远离自己，让好情绪伴随一生。为此，埃里森校长决定开设这个课程，帮助学生们从青少年时期就学会控制情绪。

由于我到达“雷蒙德”的当天，学校并没有情绪养生课，因此非常遗憾我不能现场感受，只能从埃里森的介绍中知道一些课程的具体内容。

据介绍，首先，从日常的表情和言语上尽量让自己显得快乐友好，要让自己经常做到眉开眼笑，远离愁容满面。说话时，言语要经过大脑雕琢，要如春风般和煦温暖，而不能像刀子般锋利，并将这些变成日常的习惯性言行标准，坚持不随意降低和打折。

更重要的是，每个学生每年要对自身的情绪进行规划，既要“减负”，又要“减幅”。减负指的是，统计过去一年，你生了多少次气，跟家人或朋友争吵过几次，有几次不愉快的情绪波动。在新的一年，你要给自己一个减少以上负面情绪的指标，比如，争取比去年少生三分之一的气，情绪波动减少一半等，并且在每个负面情绪到来之时记录下来，及时提醒自己不能超标。

而减幅则是指，在坏情绪的幅度上也要有规划，比如过去生气时拍案而起，怒发冲冠，甚至是摔电视、手机，那么在新的一年里，你生气的程度一定要减少，可以改成摔摔盘子、纸杯什么的，以此类推，一步步地减少其幅度和程度。你不规划情绪，情绪就规划你，直至最终把你规划得连自己都不认识自己。

此外，老师还会教授学生们一些具体控制情绪的方法和技巧，比如，早上起床不允许说负面的话，否则这种负面情绪将会在潜意识里影响你一天，不快乐时，可多吃些含有快乐分子的食物，如香蕉、巧克力等。

埃里森认为，情绪一定是要训练的，它和我们平时锻炼身体是一样的道理。只有经常训练，才能达到好脾气、好心态、好心情。遇到任何状况都做到坦然面对，不大喜、不大怒、不大悲、不大惧，让自己的身体处于平衡稳定的状态之中，最终少生病，达到长寿的终极目的。让情绪的野马得到驯化，变成自身可操控的工具，载着我们走向美好的未来。

据了解，“雷蒙德”通过开办情绪养生课两年多以来，学生们普遍变得积极乐观，不仅比以前显得更有教养和素质，更好管理和教育了，而且成绩也普遍比其他学校的学生好，埃里森校长称这是他之前所没有想到的，他表示将会把这门课一直开设下去。

迪拜：买酒出示薪酬证明

随着迪拜的疯狂崛起，世界各地的人开始纷纷来到这里，让这个昔日的小城一下子飙升为如今世界一流的豪华城市。潮水般涌来的外来淘金者占到迪拜总人口的80%，数量远远超过只占20%的迪拜原住民——阿拉伯酋长国国民。

但迪拜又绝非是什么人都会接纳的，如果你想到那里工作，除了要拥有精明的头脑和超人的技能外，你还必须要打理好自己的“尊容”，要做好整容的准备。因为在迪拜所有的公司，不管是本地的还是外来的，都对员工的容貌非常在意，他们很看重一个人的长相，这关乎到公司的对外形象。因此，在迪拜整容成风，其规模丝毫不亚于韩国。在迪拜的公司里，你看到的每个人几乎都是清一色的俊男靓女，女士都有着魔鬼般的身材和天使般的面容，男士则同样俊朗、阳光，面部有棱有角。

我的一位女性朋友，在迪拜上班前几个月的收入几乎全进了整容师的口袋中，她宁可在迪拜住最简单、最寒酸的廉租房，也要花钱把自己变得更漂亮一些，好能和同事们更好地相处，最终“对得住公司的形象”。

外来人口的大量拥入，也带来了各自的文化，这对迪拜的传统信仰和习惯也有着很大的冲击，多样化的生活方式也在考验着国民的坚持和底线。令人敬佩的是，虽然迪拜的经济非常发达，遍地都是身家百万的富翁，但是，迪拜人绝不是什么赚钱就拼命地卖什么。比如，在迪拜，白酒的销售就受到了严格的限制，特别是一些高档酒。

对于在迪拜的非原住民来说，要想在商店里买酒非常麻烦，因为，迪拜出售酒的商店在出售酒时，几乎都需要购买者出示自己的薪水证明，证明上必须写有购买者所在的单位，每个月的薪酬标准，然后盖上公司的章，附上电话。商店会根据薪水证明卖给你相应级别价格的酒。

薪水高的人，才可能买到一些高档酒。而对于那些证明上标示着薪酬中低收入的购买者，即使你钱包里现金很多，他们也绝对不会卖一滴高档酒给你的。这让许多根本不靠工资收入的外来淘金者烦恼不已，这种要求同样在酒吧里适用。

对于每次购买酒的数量，迪拜同样也有着严格的限制，一般情况下，一次最多只能买到2瓶酒，而绝不像国内那样，整箱酒任你搬。

我曾经就此请教过迪拜酒业的管理官员，他们给出的解释是：你从口袋里拿出来的往往并不一定代表真相。他还毫不掩饰地打比喻："我们的房地产开始泡沫化就是一个很好的证明。"因此，他们更愿意帮助嗜酒者理性消费。当然，还有一个更重要的原因是，迪拜人不希望一些不知道天高地厚的"买醉者"成为街头闹事的酒鬼，搞坏迪拜的整个形象。因此，在迪拜，你很少能看到醉酒者。

这条买酒的"戒律"慢慢也得到了许多外来者的支持，毕竟他们来迪拜的根本目的是为了淘金和致富，等目的达成后，他们都会卷铺盖走人，回到自己的家乡，到时想怎么买醉都可以，何必和迪拜人为买酒的事争论不休。

无论外界对迪拜的疯狂崛起存在着怎样的议论，去往那里的人依然络绎不绝。同样，不管外来者的文化如何冲击着迪拜原住民的生活，迪拜人依然会坚守着自己的标准，比如，你可以是肤色、穿着打扮都不同于他们，但是你的长相一定要俊一些，好看些。再比如，迪拜酒吧的霓虹灯可以闪烁到天明，但是，你的酒绝对不可以喝个没完没了。

低碳餐厅奇招多

餐厅特意不把路修好，好让顾客和工作人员来回走动；来餐厅后被邀请去称体重和做营养检查；蔬菜、水果多，难见油腻的肉菜；无饮料或者酒水，自来水都是合格的纯净水。

在距法国巴黎北部15千米的郊外，有一家叫“菲戈尔”的特色环保餐厅，这家餐厅从方方面面都刻意体现出环保低碳的理念，让食客们大受感染和教育。前不久，在巴黎朋友的带领下，我亲身体验了“菲戈尔”餐厅推出的低碳环保“怪招”。

车子开到离“菲戈尔”大约还有一公里的地方就不得不停下，朋友告诉我：“前面已经没有路可行了，我们必须要在这里下车，把车停好，然后步行或者骑行“菲戈尔”存放在此地的免费自行车过去。”“餐厅为什么不把路修好，让客人们直接开到跟前呢？”我问朋友，朋友听后哈哈大笑说：“这是‘菲戈尔’故意为之的，把餐厅设在汽车行不过去的地方，而且门口也不设立停车场，目的就是提倡餐厅的食客多步行走动，少开车，这样既有利于身体健康又有利于减少碳排放量，保护环境。”

朋友进一步向我介绍，不光是客人不允许开车来，里面的工作人员也是。据悉，“菲戈尔”的所有服务员和雇员都是从附近招聘过来的，他们每天都必须骑车或者步行来上班，这是他们的硬性规定，如有违反就立即解雇。

步行的一路上，环境非常宁静，脚边有潺潺流水，周围有花草的味道，使人仿佛置身于山野之中，虽然步行有些麻烦，但感觉的确不错。

然而，更离谱的还在后面——

我们在餐厅里刚坐下，服务员就过来邀请我们去称体重和做营养检查。原来，所有来这里吃饭的客人在点餐前，都必须要接受“菲戈尔”的体重和简单的健康营养状态测量。其目的则是，好建议你选择适合自己身体状况的食谱，做出正确的饮食营养搭配。比如，体重超标的肥胖者，餐厅则不会提供高热量和高脂肪的食物给你，即便你愿意付出双倍的价格也不行。当天，我就被检查出来口腔有些隐形溃疡，餐厅建议我多点果蔬以补充维生素。

同时，无论对于什么样的客人，在菲戈尔餐厅，健康环保的有机蔬菜和绿色无污染水果永远都是这里的首选食品。

让我感觉到更奇怪的还有，在这间餐厅里，你居然买不到任何一瓶饮料或者酒，他们有的只是从水龙头里流淌出来的纯净水，而且这里也没有一次性的纸杯子，所有用来盛水的杯子都是可以被反复使用的透明玻璃杯。

如果你口渴需要喝水，服务员不会过来帮你的，你只能是自己拿上一个杯子，然后去被称为“水房子”的厨房水龙头旁去接。

除了食品低碳外，餐厅的其他设施也同样如此。白天，菲戈尔餐厅里用的全是室外光，从不开灯；晚上，使用的则全是太阳能光源，灯都是节能灯。屋顶被种上各种草，用于给餐厅降温或保温。

除此之外，餐厅每天所产生下来的废弃食用油，会被全部集中回收起来，然后提炼成生物柴油，再被专人送卖出去，再利用。

要走着去餐厅，而且吃饭时只能喝水，这跟国内的饭店差距太大，我刚开始以为“菲戈尔”的生意一定不怎么样，换在国内肯定是一时新鲜后很快就倒闭。

但事实上，我完全想错了。朋友说，这里的生意非常好，而且许多都是回头客，不少父母甚至带着孩子来到这里，目的就是让他们从小接受环保低碳的熏陶，感受另一种别样的就餐方式，看来法国人对低碳饮食还真的挺重视。

这里只欢迎前来生活的人

巴德克是加拿大新斯科舍省的一个小城镇，全镇的常住人口800人，位于布雷顿角岛上，面朝着布拉多尔湖，空气清新，风景如画，是北美的一处人间天堂，电话的发明者亚历山大·贝尔就是出生在那里。

最让人称奇的是，那里的人们生活得无比休闲和快乐，他们不以赚钱为目的，一切都是轻轻松松、懒懒散散。

分别于1861年和1872年建立的电报屋客栈和林伍德客栈是巴德克仅有的两家客栈，它们都是由家族经营的企业，至今已经有六代人经营过它，但每一代继承者都没想过要把它们进一步做大做强，而是按照祖辈的方式打理着。不翻新也不扩容。

每到周末下午两三点钟，镇上的咖啡店门面上便会挂上CLOSE的标牌，咖啡店主们不愿意继续营业，他们要回家休息。镇上只有一个冰激凌店，当旅游旺季来临时，店门口常常是人满为患，但是老板从来不看人涨价，也不会增开新的分店。

布拉多尔湖是一个咸水湖，水面开阔，湖中有许多鲑鱼、鲟鱼、扇贝和龙虾，各种水产品非常丰富，但是，令人意外的是，在巴德克镇上，只有一位53岁的老渔民戴恩可以下到湖中捕鱼，也只有他一人拥有捕鱼的执照，而且一旦他作古，这个捕鱼执照就不存在了。戴恩只有50个虾笼子，平时他只是捕捕龙虾，不贪多，也不捕其他鱼类。

在巴德克，一切食物都是纯天然的，本地制造，山上有放养的高地牛和苏格兰黑脸羊，高地牛肉是目前世界上最健康的牛肉，脂肪和胆固醇很低，有心脏健康肉之称。黑脸羊则强健无比，其肉鲜美无比。此外，小镇上还有不少蜂房，人们在烹饪甜类食物时绝不使用精制的糖，而是使用新鲜的蜂蜜。此外，有机菜园在小镇上随处可见。

与人为善，彼此信任，是巴德克镇代代相传的相处之道，并且融于他们的血液之中。一个很常见的例子是，镇上的人们出门时从不锁门，街坊们彼此无比信任，丽莎在巴德克的房子已经买了20年，但直到最近，她才打算给房子的大门配把锁，因为外来的游客太多了。

另一位在办公室做会计工作的伊雷娜女士总是问身边的同事，有没有看到她保险箱的钥匙。平日里，伊雷娜身上从来不带钥匙，而且总是习惯性将保险箱的钥匙丢在车里，但她的保险箱从未失窃过。

现在，越来越多的人开始打算到巴德克买房子，在那里永久定居，他们觉得那里是抚养子女的好地方，很安全而且远离城市的喧嚣和杂乱。

如此优美的人间天堂，如果换成其他地方，一定能让房地产商大赚一把，房价一定是高得离谱，但是巴德克的房子却相当便宜：一个占地3.2公顷、拥有30里湖岸线的水景房，只需要34.9万加元（约合200万元人民币）。

而一个面积100平方米的房子只需要15万加元（约合90万元人民币），这在高房价的欧美简直是难以想象。之所以有如此便宜的价格，是因为当地政府严禁不怀好意的炒房者和开发商进入巴德克。每个想在巴德克买房的人，必须要提供一系列的证明，以表示自己是真想来这里生活，而不是别有其他用意。

其中绝大部分以退休的老人和刚有小孩的年轻人为主。因为房价便宜，很多人便能很快省下钱，买上一艘船，享受架船荡漾在湖面上的快乐。

因为居住环境一流，巴德克被誉为新斯科舍省皇冠上的一颗珍珠，“我们从没有觉得住在这里是理所当然，但是如果让我们离开这里，住到别的地方去，那绝对不可能。”这是巴德克居民们的一致心声。

一把慢慢飞翔的剃须刀

19世纪中期之前，全世界的男人们剃胡须时大都用直柄剃须刀，这种剃须刀的刀架很笨重，刀片是很厚的永久性的，每剃完一次，都得重新洗干净，便于下次再用。此外，直柄剃须刀还有一个缺点，那就是剃胡须时无法做到剃得彻底，总是有些剃不干净。

由于家庭贫困，16岁的他便辍学了，因为没有学历，他只得在一家销售瓶盖的公司里当一名推销员。但是业务却做得很不好，这让他很烦恼，每到此时，他就会习惯性地托着腮，思考如何提高业绩。可每次一托腮时，他都会觉得腮上残存的胡须，很扎人，这让他非常难受。而且，自己每次出差时带着直柄剃须刀非常不方便。

于是，爱琢磨的他，开始想自己能不能发明一把更轻巧、更能把胡须剃得彻底的剃须刀，最好剃须刀也是一次性的，剃完后就可以直接扔掉。

他决定改进直柄剃须刀，将刀架和刀片分开制作。于是，不久后，世界上第一把弯柄刀架诞生了。接下来，他开始变革刀片，他觉得可以把之前厚厚的刀片变得更薄些，变成一次性的，用完就能扔掉，这样用起来会更方便。

但如何把厚刀片变薄在当时还是一件非常困难的事情，因为当时有能把刀片变薄技术的机械厂很少。但他坚信一定能做到。经过艰难的寻找和努力，他终于找到了一家能生产这种薄刀片的机械厂，因为手中没有现金，他只得先欠款，并承诺两年内，等产品卖出去后，一定连本带利息偿还给该机械厂。

终于，在他不懈的"纠缠"下，这家机械厂答应了，帮他生产出大量刀片，其厚度是当时普通刀片厚度的六十分之一。而且这种刀片可以自由轻松地从剃须刀架上拆卸下来，可随时更换，刀刃也非常锋利。当然，他也因此变得负债累累，欠下10多万美金。

可是就在他满怀信心，带着这种新型的刀架和刀片满世界推销时，却遭遇到了寒冰，当时美国的很多男人对这种新型的玩意儿，似乎有太多的不信任。他们已经习惯用直柄剃须刀，或直接去理发店，请理发师专业剃须。因此，第一年下来，他只卖出51把刀架和67个刀片。第二年的状况虽然有好转，也只卖出210把刀架和518个刀片。

看情况不妙，那家机械厂开始上门“逼债”，他只得一边拖延，一边四下躲藏，同时继续推销他的新型剃须刀。

等到了第5年，终于出现了让他兴奋的一幕，在这一年里他分别卖出了2万把刀架和5万个刀片，第一缕曙光终于照到他身上了！但他坚信，他的新产品的市场远不止如此。

机会总是留给那些善于发现的有心人。这之后，美国参加了第一次世界大战。许多美国大兵需要携带防毒面具上战场。防毒面具必须与脸部贴合得非常严密，不能留有一丝空隙，这样才能阻止毒气进入，也就是说脸上的胡子必须要刮得非常干净和彻底。而他的新型剃须刀正好能做到这点，而且刀片是一次性的，便于大兵们携带。

他与美国军方签订协议，作为“军需品”，他成功地卖给美国大兵350万把刀架和3 200万个刀片。仅这一笔生意就让他赚得一大笔，一下子就还掉了之前所有的债务。

更让他惊喜的是，通过关于美国大兵们在前线的各种生活新闻报道，同时借助防毒面具的成功，他的刀架和刀片一下子火了起来。女人们也在此时开始越发喜欢那些脸部被刮得白白净净的男人，接下来的两年，刀架和刀片一共卖出7 000万把！

他的“剃须刀帝国”终于诞生了！

不错，他就是美国吉列公司的创始人——坎普·吉列，目前，号称“掌握全世界男人的胡子”的吉列剃须刀，在美国市场占有率高达90%，而全球市场的份额竟达到70%以上。仅“慢倒风速”系列剃须刀，一年的利润就达到20亿美元。坎普·吉列也因此成为美国历史上最有钱的富人之一。

人生的逆转

我要说的是一则无比真实的故事。

大约是12年前，重庆有一对家庭并不富裕的姐弟，他们同时在当地的一所职业中专学校里读书，期待将来有所作为。可是，上天并没有让他们心想事成，相反还送给了他们一场不幸。一天上午，他们的父亲在出差的路上被车撞死，司机逃逸，伤心欲绝的母亲下午急匆匆地赶往父亲出事的现场，不料祸不单行，慌乱中竟然也被车撞了，所幸保住了性命，但双腿却从此残废。

短短一天之内，父母一亡一残，为了治母亲的腿，家里又背上了沉重的债务，姐弟俩一下子都上不了学了。为了生活，两个人带着母亲一起来到了北京谋生。姐姐和母亲落脚在人大附近，弟弟则混迹在北大周围。之后，他们便开始了各自的求存之路。

先说弟弟。一开始，弟弟只能一边靠卖键盘来赚点儿小钱，一边报考了计算机自学考试。通过努力，两年后他拿到了计算机自考的大专学历，但是依旧很难找到一份像样的工作。北大的南门有一家河南烩面馆，他便主动找上门，要利用空闲时间替老板打工，工资一分不要，只要老板晚上让他睡在烩面馆里。从择菜到拼盆，再到最后的炒菜，弟弟在烩面馆里干得非常出色，也深得老板的喜欢。

一天，烩面馆里的收银机出了故障，打电话找维修工，对方却不愿意来，认为活太小，而自己搬出去修又太麻烦。就在老板发愁时，从厨房里走出来的弟弟说，让我来试一试吧。没想到不一会儿，收银机就被修好了。老板大为吃惊，他没想到一个打工的伙计居然会修这个，于是便问，你不像一个炒菜的呀。弟弟答道，我的确不是，我是计算机专业的大专生。老板又问，那你为什么要在我这个地方免费干活。弟弟说，我没有钱租房，在你这里至少过夜是免费的。

在听完弟弟遭遇的故事后，烩面馆的老板大为感动，因为这个老板之前也是一个推销电脑的，于是便推荐弟弟去北京太平洋大厦里卖电脑。有了这个机会，勤奋的弟弟很快便通过自己的努力和钻研，从一个卖电脑的业务员，变成了一个做工程的，后又成为了一位非常有实力的电脑技术工程师。几年后，便在通州区的上东庭买了一套280平方米的房子，现在弟弟已是一个年薪过百万的部门经理了。

再说姐姐。姐姐刚开始在人大对面一个叫巨人学校里当教务员，说是教务员，其实就是一个打杂的，什么脏活累活都得她干，但是她坚持了下来。很快，她便发现北京的在职研究生培训市场非常有潜力，许多发达起来的人需要提高自己的学历素质，于是从1999年起，她便在北京的前门楼附近租下了一个地下室，开办了一所小型的培训学校，挂靠在当时北京市场报和人大合办的在职研究生班下，由她负责招生，如果招到人，利润按二八分成，她拿二。

之后，姐姐便开始在北四环的一些高档豪华小区里，挨家挨户地一个个敲，请求别人来学习，她告诉人们可以拿到国家承认的学位证。从一开始不断吃闭门羹，到第一期招来的9个学员，到第二期招来的18个学员，再到第三期的90个学员，直至3年后的2002年，每期能招到20多个班，好几百人。

其间，姐姐本人也参加了人大的网校学习，并顺利毕业，之后又到了德国的多特蒙特大学留学。如今，姐姐已经在北京清华家园以及北京大屯路上的高档公寓里拥有8套房产，而且有了一个真正属于自己的公司，当起了老板，公司每年的赢利状态都很好。

我之所以如此清楚地知道这个故事，是因为有一段时间自己曾跟弟弟是门对门的邻居，是弟弟亲口跟我说的。

上天是不公平的，但上天最终又是公平的，只要你敢于与它较劲！灾难、困顿、窘迫降临之时，改变和逆转它们的希望在你心中，当然绝望也在。

穷人乔治的“致富经”

乔治是美国加利福尼亚州一个农场里的牛仔，由于父母都是盲人，乔治从小家境就非常贫困，等他稍大了些，在简单念了几天书后，便不得不去当了牛仔，帮人放牛，以获取微薄的收入来供养家庭。

虽然出生贫穷卑微，但乔治并没有因此而认命，他并没有像其他牛仔那样，安于一辈子做个牛仔，而是时刻都想着如何改变自己的命运，从贫穷中跳出来。

牛仔的生活极其单调，基本上就是放牛、护牛和宰杀牛。而且，除了农场主是富人外，其他的人基本上都和乔治一样，属于穷人一族。因此乔治清楚地知道，自己无法从他们身上获得利益，因为他们根本没有什么钱。很小的时候，父亲就曾告诉乔治，只有那些有钱的富人才能帮助他们快速脱离贫困。

就在乔治正在为如何接触到富人而苦恼时，有一天，农场里突然来了许多开着高级轿车到这里游玩的富人，他们是到这里来体验当一回牛仔的新鲜感。

乔治决定不放过这个难得的机会，他主动当起了免费的教练，教授富人们如何骑马，如何给牛打上铁烙印，在他的指导下，富人们玩得很开心。

其间，有一个富人要上厕所，当乔治把他领到农场的公厕里时，面对邋遢的坐便器、臭气冲天的环境，这位富人憋红了脸，最后退了回来。

接下来，同样的尴尬出现在那些浑身珠光宝气的女士身上——她们实在是无法忍受公厕里的气味，但是又不能到外面去方便，这也成了当天那群富人唯一感觉不满意的地方。

送走了这帮富人后，回想一天的经历，乔治立即计上心头——如果自己给这些好外出的富人提供一个流动的豪华洁净公厕，时刻跟在他们的身边，为他们提供全天的如厕服务，那么是不是能大赚一笔？

接下来，乔治还了解到，每年美国都有许多顶级富豪去外面旅游、休闲度假以及聚会，由于平时他们自家的洗手间非常豪华，即便公差外出，住的也都是五星级的宾馆，洗手间条件同样非常好，因此，他们只要稍微遇到差一点儿的洗手间就会感到非常不自在，这的确是一个令人尴尬和头痛的问题。

乔治兴奋不已，他立即辞掉了牛仔的工作，通过各种关系，从银行贷款了10万美元，用这些钱打造出了一个超级豪华的户外流动洗手间，还给它取了一个响亮的名字——牛津。

花10万美元做一个移动洗手间，这让许多人觉得匪夷所思，但乔治自己知道，只有足够豪华，才能粘得上富豪们，才能有钱可赚！

“牛津”移动洗手间里共有10个大小不一的洗手间，小的每天能供100人如厕，大的每天能供300人如厕，每个洗手间都放有轻柔的高档卫生纸、质地很好的毛巾以及适合各种皮肤类型的世界顶级化妆品。更重要的是，这里还有温暖的壁灯，和专门帮人缝补因不小心而被撕坏衣物的裁缝。洗手间时刻都充盈着对人体无害的高级空气清新剂的味道，确保任何时候都无异味。

当“牛津”移动洗手间一经推出后立刻大受欢迎，预定牛津移动洗手间的电话和订单不断，许多组织富豪外出参加各种野外活动的机构和旅行社，甚至以有“牛津”移动洗手间伴其左右，为一大吸引点和卖点。

在卡车的拉动下，“牛津”移动洗手间会在指定的时间和地点，来到富豪的身边。“牛津”移动洗手间每服务富豪一天，他们就要为此付出 3 600美元的费用，可谓是当今世界上最昂贵的“如厕收费”，但是富豪乐此不疲，再远的荒郊野岭、再暴露的海岛沙滩，因为有乔治的“牛津”移动洗手间伺候，富豪再无后顾之忧了，可以尽情地享受当下的一切。

什么是富豪，就是干什么、买什么都要享受最贵的，而这也正是乔治成功的秘密所在，而善于了解服务对象的特质，摸透他们的需求和心理，从而有的放矢对症下药，则是乔治最终脱贫致富的关键所在。

替好莱坞明星“浆洗缝补”

乔治·梅尔妮本是美国洛杉矶的一家裁缝店的女老板，平日里除了帮人做做衣服外，偶尔还帮人修补一些破损的服装。但在这个过程中，她很快发现了一个问题，那就是这些送过来需要修补的衣服中，常有一些品质很高档的，材质面料和做工都非常考究的衣服，但她的小店根本没有相同的面料，因此无法修复，这让衣服的主人们大为失望。往往一件价值不菲的衣服，就是因为一个小小的窟窿而被遗弃掉。

有一天，一个戴着墨镜的女士来到梅尔妮的店里，拿出了一件西服，问她能不能修补一下袖口的一块破损处，并声称，只要能修好，再多的费用都愿意给。接过衣服看过后，梅尔妮摇了摇头，称自己的店里没有配套的材质，这个女士听过后，叹了一口气，然后随口说道，30万美元的西服就这样报废了。梅尔妮听后立即面露惊异之色：“30万美元一件西服，不可能吧？”对方听到梅尔妮如此反问，很不高兴，说道：“你知道它是谁的吗？布拉德·皮特的，我是他的服饰助理。”原来，这是好莱坞巨星布拉德·皮特在与安吉莉娜·朱莉秘密约会时，不小心被狗仔队发现，为了逃避他们的拍摄，皮特在匆忙逃离的过程中，不小心把这件特意定做的西服给刮破了。

之后，梅尔妮还发现另一个现象——洛杉矶的一些女明星和富贵女，在出席各种晚宴时，经常有粗心大意的服务员会把红酒、果汁、汤汁洒到她们动辄十几万美元的晚礼服上，如果没有专业的干洗，根本就弄不掉，也就意味着再也不能穿了。除此之外，梅尔妮还经常听到她们抱怨自己心爱的衣服，根本找不到与之相匹配的干洗店进行洗涤和保养。

有需求就表示有市场，梅尔妮心想，如果自己能开一家这样的专门修补和保养高档衣服的干洗店，服务好莱坞这批顾客，肯定能大赚一把。梅尔妮决心把这个店开起来，而且专门面向好莱坞“钻石男”和“多金女”，为此，她将干洗店开在好莱坞明星聚集的比弗利山庄附近，取名为“波利特夫人”。

波利特夫人干洗店提供的第一项服务便是专业去污和保养护理，梅尔妮称之为“007去污法”，靠着特别制作的Q牌去污棉签，梅尔妮能让受污的衣物焕然一新，而且过程相当精细，比如，给一件高档晚礼服去污，至少要花上50个工时，当然，收费也很贵——每处2万美元至3万美元。

第二项服务便是修补。破损的衣服进入梅尔妮的干洗店后，会得到上帝般的照顾，首先，梅尔妮会通过仪器分析测试出衣服的材质，然后在破损处进行评估，之后再给出修补的方案。有时，梅尔妮还需要衣服的主人提供衣服的购物发票和制衣厂的相关信息，以便能亲自到原厂弄到相同的衣料。

现在，梅尔妮的店里几乎能找到当今世界上所有高档品牌衣服的面料，不管是顶级的阿玛尼、范思哲还是其他品牌的，她都有。同样费用也很不菲，每修补一处，收费3万美元至5万美元。

没想到，干洗店一开业便受到了好莱坞明星的追捧，特别是近来经济的不景气和通货膨胀，让他们都开始学着节衣缩食，一反常态，经常穿相同的衣服。当他们不小心弄坏了自己价值不菲的衣服时，不必像以前那样懊恼不已，而是一个电话打给梅尔妮。更让梅尔妮没想到的是，在好莱坞拍电影的各个剧组也经常把一些高档的戏服拿来让她修补或去污。

虽然去污和修补的费用相当昂贵，但是明星们却并不这样认为，他们觉得梅尔妮所提供的服务是在其他任何一个地方都无法享受到的，让他们的服装有了重见天日的可能，就如同你买了一辆劳特莱斯就肯定不会把它送到一般的修理店去。

靠着保养和修复世界上最昂贵的服装，现在的梅尔妮已经身家千万，她说，是修补一件价值50万美元的衣服，还是修补500件每件价值1 000美元的衣服，我想我会义无反顾地选择前者，因为前者更省事，更有赚头。

替硅谷大佬们种葡萄

泽尼亚的家族在美国加州北部有一大片祖辈传下来的大葡萄种植园，这里驱车到闻名世界的硅谷只需要一个多小时。但多年来，泽尼亚的父辈们一直按照祖先们的方法，自种葡萄自酿酒，虽不辞劳作，但由于缺少宣传，葡萄园每年的收入并不是十分理想。但是，泽尼亚的祖祖辈辈们已经习惯了这种经营生活，对于如何进一步做大做强葡萄园并没有太多的想法。

从学校毕业后，年轻的泽尼亚也被父亲安排到葡萄园里工作，继承家族的葡萄种植和酿酒事业，但与父亲不同，泽尼亚并不满足于眼前已有的现状，希望能找出一个好办法来突破家族经营葡萄园的瓶颈，让葡萄园真正强大富有起来。

似乎机会往往蕴藏在偶然之中，一次，有几个硅谷公司的经理们驱车经过泽尼亚的葡萄园。当他们看到满园的绿色葡萄时，兴奋不已，并在聊天闲谈中称，如果他们在繁忙的工作之余，能常到这里来坐坐，亲自为葡萄整整枝丫，施施肥，感受在大自然农耕的快乐，同时再品尝几杯专门为自己酿造的VIP葡萄酒，那感觉一定棒极了！

说者无心，听者有意，硅谷经理们的这席话立即让泽尼亚计上心头，对，与其自己种酿葡萄酒，还不如帮这些硅谷的大佬们种酿，然后收取一定的费用！这些人都是美国的富人，他们要的是品位和感觉，至于为此而付出多少钱肯定是不在乎的。

说干就干，泽尼亚开始走进硅谷，推销自己的创意，他说服大佬们租借自己的葡萄园，并称拥有一个属于自己的葡萄园是有钱人地位和身份的象征，你只需要每年付出10万美元的费用，就可以在泽尼亚的葡萄园里拥有一块独立的葡萄种植区域。然后，你便可以对此指手画脚，指定栽种的品种；

你可以随时带着家人和朋友来葡萄园，照看自己的葡萄树，检查自己的葡萄酒窖，感受葡萄生长和发酵中的时时刻刻；你可以自己酿酒，也可以让别人帮你酿。总之，你将会成为葡萄园真正的主人，而泽尼亚则只是平时替你负责照看的御用“管家”，一定都听你的！

没想到，泽尼亚的这个创意居然成功了，硅谷里的财富大佬们对此非常感兴趣，他们纷纷租借下泽尼亚事先切分好的十多块葡萄园。由于人手不够，泽尼亚又聘用了几个工人，并请了几名美食厨师，以接待随时到访的“葡萄园主们”，用美食吸引他们来年继续投资租借自己的葡萄园。

之后，泽尼亚又想出了一个新的赢利方法，就是把葡萄园许多大佬酿出的酒混在一起，放在一个大桶里，取名为“百万富翁琼浆共同体”，称桶里的酒全是出自美国硅谷百万富翁亲自酿制的，就连其中的任何一位想要一瓶，“内部价”至少也得200美元。而对外公开销售，每瓶的价格则高达500美元，但却非常抢手，人们都想知道十几位百万富翁们酿出的酒混在一起到底是什么味道，深信品尝这种酒既高贵，又显得很有身份。

如今，泽尼亚每年的收入有近300万美元，这是之前父辈们每年收入的10倍之多。而更为关键的是，越来越多的人员要租借他的葡萄园，不提前预订，根本租不上。

重要的不是你是谁，而是你为谁服务。如果你是为财富大佬们服务，那么你想不富都难！这也许就是泽尼亚给我们的成功启示！

弯腰捡来的人力资源总监

新东苑国际集团是上海一家实力非常雄厚的民营企业，前不久，我应邀到他们那里做一天的营销技能讲座，吃中饭时，新东苑安排了他们的人力资源总监陪我。当这位人力资源总监出现在我面前时，我顿时吃惊不小——她居然是一位只有26岁的小女孩，叫王娟，山东淄博人。我之所以吃惊，是因为人力资源总监一般都是公司的高层，职位很重要，权力也很大，能坐上这个职位的人，至少也得30多岁，有一定的职场经历才行。

为了解开心头的疑惑，于是我便在吃饭的过程中，故意半开玩笑地问王娟："王小姐，您是不是跟公司董事长有亲戚关系呀？"王娟的脸顿时红了，说："老师，这个真没有。"我又问："那您是不是在国外读过人力资源管理？"王娟脸更红了，说，自己只不过是一个大专生，之前是学文秘的。

可能是看出我的不解了，王娟开始主动向我提起自己进入新东苑的经过，并称"中标入选"完全是一个意外。

据介绍，王娟的父母都在老家从事媒体工作，因此人脉比较广，王娟一毕业，父母便通过熟人帮她在老家找了一份不错的工作。但是，王娟自己却想去上海闯闯，见见世面，于是便主动和父母谈判，她让母亲借给她5 000元钱，并表示如果等这5 000元钱花完了，自己还在上海找不到一份像样的工作，就回老家安心上班。母亲一想，让女儿出去吃点儿苦，也未尝不是一件好事，于是便答应了。

就这样，王娟带着母亲给的5 000元钱来到上海，在徐家汇周边租了一间10平方米的房子，由于房租很贵，而且一交就得是3个月，交了房租后，很快王娟便所剩无几了，为此，她立即开始马不停蹄地找工作。

但等待她的却是一盆又一盆冷水，直至口袋里的最后一分钱也没了，但是王娟并不甘心就这么一无所成地回去，于是便偷偷给父亲打了一个电话，向他又借了3 000元。

通过坚持不懈投简历，终于有一天，王娟接到了新东苑的面试通知，他们正需要一个总经理秘书，这个消息让王娟无比兴奋。简单地轻施粉黛，王娟便赶到了新东苑，接受总经理的亲自面试。但遗憾的是，短短5分钟面谈后，总经理便委婉地告诉王娟，她不太适合他们公司。

得到答复的一刹那，王娟的眼泪几乎都要出来了，但是她还是强忍住了，给总经理鞠了一个躬，然后退了出来。

当王娟出来走到走廊的一个拐角处时，看见有一张打印纸可能是扔它的人没有扔准，掉在垃圾桶的旁边，来来往往的人都踩到它，显得很脏。由于从小就养成的良好习惯，看到这番情形后，王娟本能地弯下身子，将打印纸捡了起来，然后放进垃圾桶。没想到，这一幕正好被中途出来上厕所的总经理看到，接下来，令人意想不到的一幕出现了，就在王娟扔完纸打算继续朝外走时，只听见总经理在后面喊："王小姐，请您等等。"

接着只见总经理走过来，紧紧地握住王娟的手，真诚地说道："我代表全公司，欢迎您的加盟，从明天起，就是我的助手了。"

故事讲完后，王娟还告诉我，其实自从她当上总经理的助手和秘书后，并没有做出什么关乎公司生死存亡的大事，或者说没能给公司带来多少利润和业绩的壮举来，而是每天都做些很细小的事情，比如安排总经理每天的工作流程，做好电话记录什么的，但是她从没有把这些小事当成小事来看，而是觉得工作无小事，都是同等重要的。

由于王娟在小事上的出色表现，进入新东苑后，她不断升职，两年之后便当上了公司的人力资源总监。

记得太平洋建设集团有限公司董事长严介和曾说过，能持久坚持站好每一次岗，拖好每次地，擦好每次桌子，职业生涯就等于成功了一大半。王娟的真实应聘故事也让人进一步相信了在应聘和日常工作中真有一招扭转自己职业乾坤的"绝技"，这个绝技便是"工作等于无小事"的认识态度和持久执行。

“离谱”的名利双收

每天拖着疲倦的身体从纺织厂回来后，英国人菲尔·肖夫妇还要马不停蹄地把家里一大堆皱皱巴巴的衣服熨烫好，包括孩子们的校服，自己第二天上班要穿的工作服，这让他们苦恼不已，这种单调而又乏味的家务活似乎永无止境，如何将这种令人厌烦的劳动变成一件趣事，成了菲尔·肖夫妇一直都在琢磨的一个问题。

有一次，菲尔·肖夫妇突发奇想，决定到自家的后花园里去熨衣服，新鲜的空气、绿色的环境，花花草草所散发出的沁人心脾的清香，一下子驱走了他们的厌烦情绪。是呀，为什么非要躲在室内熨烫衣物呢？为什么不将它们拿到更耳目一新的地方来熨烫？

也就是从这一刻起，一项新型的运动诞生了，它就是熨衣极限运动——一个人拿着一块熨衣板，一个熨斗，一件衣服，一边表演，一边熨衣。这项运动一经推出，就吸引了众多狂热的参与者。

对于这项运动来说，最重要最大的看点是熨衣所选择的地方，所选的地方越新奇，越独特，越离谱，越具有挑战性，越会给人们带来乐趣。为了做到独一无二，熨衣运动爱好者们几乎是使出浑身解数，先是有人将熨烫板放在马背上或是行进中的小汽车顶棚上，之后有人觉得这样还是不够大胆和刺激，于是干脆把地方选择到悬崖峭壁上，参与者一边攀岩一边熨烫衣服。

运动不止，离谱继续。接着，又有人将自己吊在一根系在两山之间的钢丝上，把自己悬挂在高空中，然后拿起熨斗，开始表演。

参与者们可能觉得越高的地方越能引起瞩目，又有人冒着随时缺氧死掉的危险，把熨衣的地点安放到珠穆朗玛峰1号营外面，这是一个美国人干的事情，引起了不小轰动，这让发明这项运动的英国熨衣爱好者很不舒服，他们不想被美国人赶超，于是，接下来，一个更离谱的地方被英国人找到——在充斥着鲨鱼的海底，一边赏鲨一边熨衣！一个熨衣爱好者在20多头的鲨鱼包围中，一边欣赏着鲨鱼，一边熨衣，他甚至能看到鲨鱼嘴中的獠牙，这是可怕的猎食动物首次与家务活面对面。

最高的山峰、最危险的海底都被人尝试过了，还有什么更吸引人、更离谱的地方呢？

开动脑筋，继续想。不久，又一个奇特的地方诞生，那就是空中，一名奥地利的爱好者，在经过短暂的跳伞训练后，居然带着熨烫板上飞机了，接下来，不可思议的一幕发生了，当飞机飞到足够高的地方时，他突然打开舱门，纵身一跃，当降落伞打开后，他开始在不断下坠的过程中支起了熨衣板，在他落地的一刹那，一件叠放整齐，没有一点儿皱褶的衬衫呈现在人们的面前！

如今，熨衣这项运动已经有了自己的世界锦标赛，每届锦标赛上都有来自英国、德国、法国、爱尔兰、丹麦、奥地利、新西兰和南非等国的玩家一决雌雄，各国好手，纷纷在锦标赛上一展身手，吸引了成千上万的路人前去观赏，同时也让一些电视转播商狠狠地大赚了一把。而由普通观众和专业评委共同评选出的冠军将会获得一座用黄金打造的、价值两百万美元的“金熨斗”奖杯，并能成为世界顶级熨斗品牌的广告代言人。

而能否获得冠军的关键则在于，你选择的地方有多离谱？

谁能想到一个令人厌烦的家务活，居然也能登上极限运动的殿堂，而正是那些屡屡超过你想象的熨衣地点，让这项活动永远充满新奇和令人期待。

任何一件平凡的事情，只要你能赋予它新的含义，永远不停地去创新它，那么它就一定有着永远让你感觉不到厌倦的魅力！就如同，如果你把熨烫衣物看成是一项只能在家里完成的，令人厌烦的家务活来看，那么它永远就只是一件恼人的家务活，但如果你换一种眼光、换一种思维，将它“离谱”化，那么它很有可能在让你感到快乐的同时，让你声名鹊起，名利双收。

那么，你能想得多离谱？

掘富天空

天空里除了有空气，白天有太阳，夜晚有星辰月亮外，还有什么其他东西，比如价值连城的宝藏?

宝藏?怎么可能!在许多人看来，从古至今天空都是空空如也的代名词，绝不可能会有什么宝藏。于是，持这样观点的人，开始习惯性地低下头，拼命地在地上寻找自己的人生宝藏。

然而，有一个叫罗伯特·黑格的人，却选择了与常人相反的逆向思维，他认为天空中也有宝藏。于是，他决定抬起头，始终向头顶上的那片天空仰望，坚持不懈地追寻星际太空，独辟蹊径将创富的触角伸向了看似空空如也的天空，最终，挖掘出了一座金光闪闪的“陨石山”。

20世纪80年代，当时才23岁的黑格在一个夜晚里，偶然看见天空中划过一阵流星雨，就在流星雨转瞬即逝的时候，黑格的心头一动：这些流星如果没有被烧完，落到地面上，得到它们的人肯定会受益匪浅。他开始决心做得到它们的人。

但当黑格把打算寻找收集陨石的想法告诉身边的人时，很多人都觉得他非常可笑，因为它们不过是一块块石头而已，最多只不过是从天上掉下来罢了，有什么好收集的。

但是黑格却坚决认为，这些来自太空的石头不简单，在他看来，这些石头里有许多人类想要探究的未解之谜，根据人类的性格特征，越稀有越罕见的东西，越会引起人们的关注和研究它的兴趣，并且还会被竞相珍藏。他开始不管家人和朋友的反对，义无反顾地赶在别人之前开始收集这些来自天空的石头，他想，只要自己坚持，总有一天一定会被这些用美金做成的石头砸晕自己的。

在接下来的几十年里，黑格开始踏上了追随流星雨，寻找陨石的漫漫征途，足迹遍及五大洲四大洋。为了能更快捷地追寻流星雨，找到陨石，黑格还专门借贷买了一艘小型滑翔机，不分昼夜地追随流星雨，只要听说哪里曾经有过流星雨，或者即将有流星雨，他都会第一时间赶到。为了寻找到陨石，他去过最危险的非洲热带雨林，在原住民居住区，在凶残狮狼虎豹的注视下，取走一块块陨石，他甚至深入到鲨鱼横行的大西洋里，打捞出沉入洋底的陨石，也在炽热无比的撒哈拉沙堆中淘“石”，无数次死里逃生。

机会总是给有准备的人，果真如黑格当初所想一样，20年后，太空时代终于来临了，人类对外太空探索兴趣开始剧增，黑格也因此一下子成为政府部门和太空痴迷者关注的焦点，他们纷纷开始拜访黑格，对黑格手中的众多陨石羡慕之极，并且愿意用黄金、宝石的价格收购其中的一部分。一些玩够了宝石珠宝、古董玉器的明星、企业大佬、整形医生的“多金男”也开始觉得家里放上一块另一个星球上的石头，简直就是一种身份的象征和荣誉，因为它们在地球上根本找不到第二块。

如今，黑格已从天空中掘取了3 000万元美金，一举成为当今世界上拥有陨石第一人，他手中的陨石还被评为“全球十大珍稀宝藏”之一。而这还仅仅是他初步估计的财富，随着太空热的不断升温，他的财富必将继续升值。

面对同一片天空，无心之人说，那只不过是一个空空如也的不毛之地而已，而独具慧眼的人却说，哦，不，那是座晃眼的黄金地。

这个世界上没有不可能，只有不相信、不要。

那么，你头顶上的那片天空是怎么样的呢？是你自认为的空空如也，还是像黑格的那样价值连城？如果是后者，那么你准备好去开发它了吗？

污泥塘里也能起飞梦想

1920年，他跟随四处游历的父亲来到纽约，暂住在一条偏僻狭窄的小街上。当时才10岁的他，天生调皮淘气，是人们眼中的“坏孩子”。他乐于整天带着一大批“小屁孩”，在街道上到处搞破坏，愚弄邻居，顽劣到了极点。

为了惩罚他，父亲在征得邻居们的意见后，罚他和他的“同党”每天必须清理小街上的一条湖。说是湖，事实上，不过是一条狭长的死水塘，里面满是多年来沉积下来的枯死的树枝和人们随手丢进的杂物，是一个彻头彻尾的污泥塘。

他的任务就是每天负责将污泥塘的杂物清理出来一些，这是一个无聊、简单且令人厌倦的工作，因为清理出的东西大都因为长时间浸泡而恶臭无比。“同党们”很快都厌倦地逃开了。

可是，他却一点儿也不厌倦，反而干得特别认真、特别起劲，他觉得这项工作太奇妙了，能给他带来许多意想不到的收获。因为，有时他能从污泥塘里清理出一些稀奇古怪的东西，比如一个老铜镜，一个有些年代的罐子，甚至是偶尔还能弄到几枚钱币。

也就是从这个时候，他对水下的世界有了浓厚的兴趣，立志长大之后，去“更大的湖”清理，甚至是海洋里，他深信那里面肯定有更多的“意料之外”的东西。然而，他的这一志向，却被邻居们看成是异想天开，一个白痴的白日梦。

但是，他却顽固地坚持这个“异想天开”，之后，他背着家人，偷偷地考入了法国海洋学校。一毕业后，22岁的他穿上了潜水服，戴上氧气瓶，租借了一艘叫“圣女贞德”号的帆船，踏上了环游世界的海上之旅！

那是他第一次潜入深海中，第一次发现海中有许多新奇的鱼类以及贝类海藻等生物，当然，还有他儿时梦想的“意料之外”的东西——沉船残骸、瓷器碎片，还有就是虽沉睡千年但却依然光彩夺目的黄金珠宝！

在随后的十几年里，他在水下找到了成千上万、价值连城的水下沉船物，罐子、餐具、珠宝、珍稀文献、绝版艺术品……他将这些物品的一部分陈列在自己的私人海洋博物馆里，供所有的人参观。他成功了，声名鹊起！

1952年，他发明改造了世界上第一部水下摄影机，并且弄出了一套水下电视拍摄装置系统，从而开始了踏上拍摄水下电视片的旅程，由此，他为人类和科学打开了一扇通往海底世界的窗户。

他带领着自己的团队，乘坐了一艘叫“卡里扑索”号的探索船，面向大海，先后跨越了大西洋、太平洋、印度洋以及地中海、极地冰川等许多人类之前从没到达过的水下之域，记录了那里梦幻般的水下精彩世界。

他先后拍摄了75部以海底为素材的电影电视，其中《寂静的世界》、《海底世界》、《海豚的声音》成为当时最热门的电影，在世界上100多个国家播放。这些影片让全世界的观众大开眼界，惊叹不已。终结了人类不了解海底水下世界的历史！

不错，他就是现代海洋探险之父雅克·库斯多。至今，人类拍摄海洋世界，探索洋底秘诀的所有活动都是建立在他先前开拓的基础之上。他发明的水下摄像系统，以及撰写的潜水心理学等仍在今天被广泛使用。

污泥塘里也能起飞神奇的梦幻水世界，雅克· 库斯多用自己的经历证明了一个道理——梦想随处都可诞生，只要心中有所梦，脑里有所想，哪怕你是身处恶臭无比的污泥塘中，同样有一天也可以起飞翱翔，化梦境为现实！

“翼状侠”：这只是个开始

从小，他就梦想着有一天自己能够像天空中的鸟儿一样自由飞翔，并对此深信不疑。

但是，除了母亲之外，几乎没有别人看好他这个脱离实际的梦想，嘲笑倒是十有八九。但这一切对于他来说似乎并不重要，他开始热衷于各种冒险，跑街、攀岩、爬树，甚至胆大到徒手攀登学校的教学大楼和自家的屋顶，好几次险些因此丧命。

可是，他还是觉得这一切都还不过瘾，于是，等一过了20岁，他便又喜欢上了另一种极限运动——低空跳伞。在随后的时间内，他先后在全球16个国家完成了近千次的极限跳伞，征服高地包括美国金门大桥、巴黎埃菲尔铁塔、瑞士马特洪峰、吉隆坡石油双塔、委内瑞拉安赫尔瀑布等地标性建筑物或自然景观，挑战独一无二的危险在他看来，竟然是一种无以言表的最大快乐。

但是，在征服完这些建筑物后，他又开始觉得极限跳伞这项运动其实也没有什么意思，“靠伞拉着，完全放不开手脚，没有什么主导权”。

儿时的梦想此时再次在他的脑海里浮现——他告诉自己，一定要实现自己的自由飞翔之梦。

于是，一项叫“翼装飞行”的危险运动，在他的异想天开中诞生了，这项运动也被他称之为“近距离天际滑翔运动”，飞行者身着他所发明的翼装，依靠翼装里的空气托浮和头盔上的两个GPS高科技设备，像一只展翅的大鹏一般，能从高楼、大桥、悬崖或其他自然景观上一跃飞下，然后紧贴着高空中的建筑物或自然景观进行无动力自由飞行，等到快接近地面时再打开降落伞！

由于飞行高度低，无辅助动力，因此用于调整自身飞行姿势的时间十分短促，而且还要克服地球的引力和自身的恐惧感，因此这项运动的危险性和难度极大，堪称“世界极限运动之最”，参与者一不小心丧命是很正常的事情。但是，他不怕，还约了其他志同道合，同样不安于一成不变生活的十个人，组成了一个“翼装飞行队”。为了降低危险度，他和同事们开始对翼装飞行进行了持续训练，上万次的训练不断淬炼他的技术技巧，以至于能在飞行时运转自如。

在刚上映不久的美国3D电影《变形金刚3》中，当一群身穿蝙蝠服，从飞机上一跃跳下，然后在天空中自由来回穿梭，把代表着邪恶力量的机器人“霸天虎”玩得团团转的美国空军特种部队出现的那一幕，顿时让观众们兴奋不已。事后，很多观众认为，这一定是电脑特技。然而，事实上却并非如此，这些精彩的画面全是由他和他所率领的翼装飞行队实际飞行所拍摄下来的，而不到2分钟的画面，《变形金刚3》的制片商就付给他高达1 500万美金的酬劳。

而真正让世人了解他则是在2011年9月24日下午，他挑战作为世界海拔最高的天然穿山溶洞——中国张家界景区“天门洞”，他和他的翼装飞行队从距离天门洞一公里、飞行高度达海拔2 000米的直升飞机上出舱起跳，靠着翼装，调整飞行速度和方向，在无外在动力的情况下，成功穿过天门洞，然后再打开降落伞安全落地，实现了前无古人的一次人类自由飞翔！

不错，他就是美国翼装飞行爱好者，现年35岁的杰布·科里斯。在接受美国广播公司（ABC）的采访时，杰布称，这仅仅只是个开始，自己的下一个目标是，凭借滑翔翼直接降落地面，而不需要利用降落伞着陆。“我已经为此做了大量的工作，我坚信实现这个目标只是时间问题，期待吧，人类可以自由飞翔！”

此外，这种无动力、无声响的飞翔降落方式在军事作战和打击反恐上有着巨大的前景。据悉，美国军方在得知杰布成功穿过天门洞后，已经开始秘密接洽他，希望邀请到他成为美国空军的独立顾问，为美国空军在未来战事中的伞兵降落方式上，提供技术上的指导。

罗马绚烂，因为有你

1736年2月12日，查理斯六世的长女，18岁的公主玛丽亚·特利莎结婚了。娶她的是一个洛林小国的公爵——弗兰茨·约瑟夫。这是一段堪称神奇的姻缘。玛丽亚6岁时，便在罗马的费乌瑞塔宫里与比她大3岁，随父亲一起前来拜访的弗兰茨相识了。此时，弗兰茨虽然还很小，但却气质非凡，才华横溢，这让年幼的玛丽亚对他顿生好感和仰慕之情。此后，玛丽亚便将弗兰茨深深地藏在心底，芳心暗许，而弗兰茨同样也对出生高贵的玛丽亚无比喜欢。相识后的第6年，两个人便通过信件私定终身。18岁一到，玛丽亚便迫不及待地把自己嫁给了弗兰茨。

1740年，由于父母突然双双死于食物中毒，又因为没有兄长和弟弟，才22岁的玛丽亚不得不仓促地继承奥匈帝国的王位，她也因此成为统治大半个欧洲的哈布斯堡家族里唯一的一位神圣罗马帝国的女皇。

但此举并非易事，因为罗马帝国不允许女子当皇帝，为了掩人耳目，作为丈夫的弗兰茨做出了巨大的牺牲，他在名义上接受了罗马新皇帝的封号，但却把掌控国家的实权毫无保留地交给了妻子玛丽亚，他相信妻子一定能治理好罗马帝国。

此时的玛丽亚，从外表上看还只是一个柔弱的小女人，帝国内外全是一片嘲笑和奚落之声，国民对她完全不信任。

更糟糕的是，此时帝国的最大宿敌普鲁士开始趁机大举入侵，普鲁士人觉得此时的哈布斯堡家族已经沦落到“只配穿裙子”的地步了，根本无力抵抗他们。此外，他们还鼓动欧洲其他国家也起来，反对哈布斯堡家族的统治。最要命的是，奥地利军队却十分消极，完全没有应战的誓死决心。

面对眼前的内外交困，玛丽亚几乎丧失了信心，此时，弗兰茨果敢地站了出来，在一个漆黑的夜里，他带着玛丽亚乘船偷偷离开奥地利，来到匈牙利的都城布拉迪斯，匈牙利受哈布斯堡家族统治多年，但是享有高度的自制和独立，因此对玛丽亚的到来还是很欢迎的，但是在心里他们都认为玛丽亚和弗兰茨是来避难的。

然而，所有人都没有猜到弗兰茨让妻子来匈牙利的真正用意，一个说服匈牙利出兵帮助罗马对付普鲁士的计划，正在弗兰茨的心中秘密筹划着。

弗兰茨深知，匈牙利是一个马背上的民族，人人都有着不错的骑术，对那些骑术精良的骑士更是无比崇敬。而他深知，从7岁起，妻子玛丽亚就开始在西班牙秘密学习骑术和演说，他要让玛丽亚在匈牙利人面前展示她隐藏多年的骑术和口才，以此举赢得他们的支持。

弗兰茨先让玛丽亚在布拉迪圣马丁教堂举行女王加冕仪式，加冕之后举行了传统的表演，在市广场的中心，弗兰茨提前安排人搭起了骑术表演台，表演开始时，玛丽亚坐在马背上英姿飒爽，气定神闲地指挥着坐骑，恰到好处地朝东西南北举起佩剑“杀敌”，神威无比！

匈牙利人被玛丽亚的高超骑术彻底迷住了，他们怎么也没想到女王有如此好的骑术。接下来，弗兰茨又带着玛丽亚来到匈牙利国会发表了精彩绝伦的演讲，演讲稿是弗兰茨亲自写的，深刻阐述了匈牙利与罗马联合对抗普鲁士的重大意思，有理有据，说服力极大，议员们再次被彻底征服了——国会立即宣布对普鲁士开战，出动10万精骑！接下来，克罗地亚、苏格兰也都纷纷响应匈牙利，普鲁士被击退了，玛丽亚的威名从此传遍整个欧洲，但是却很少有人知道，这些其实都是弗兰茨的杰作和功劳。

对普鲁士战争胜利后，与之前一样，　弗兰茨依旧是妻子玛丽亚背后的一个默默支持者，他帮助玛丽亚实现了一系列的改革，让维也纳焕然一新，人口一度增加了一倍，达到了空前的20万。欧洲的游客开始纷纷来到维也纳，弗兰茨还帮助妻子招募人才，不拘泥于人才的背景、年龄和身份。交响乐之父海顿等人都是在此时被弗兰茨邀请过来的。之后，贝多芬也来到维也纳，这使得维也纳一下子成为世界音乐之都，弗兰茨还帮助妻子重新夺回了西里西亚，同时联合俄国和法国，继续应对宿敌普鲁士的攻击。并且重修了与凡尔赛齐名的美泉宫。

然而，弗兰茨却并没能陪伴和帮助妻子玛丽亚很久，1765年9月，弗兰茨死于心脏病突发，丈夫的离世给了玛丽亚极大的打击，曾经一度使她为、萎靡不振，她说，我拥有了整个罗马，但却失去了世上那个最爱我的人。玛丽亚在美泉宫里专门为死后的弗兰茨安排了一个房间，将其棺椁安放其中，整个房间全用中国黑漆装饰而成，凝重而庄严，正中间放着弗兰茨的蜡像。

弗兰茨死后，玛丽亚一直都为他穿着黑色的丧服，直到离世。

20年零6个月27天，这是玛丽亚与弗兰茨共同生活的短暂时光，作为丈夫的弗兰茨舍去了一切权力和荣耀，毫无怨言地帮助着妻子，为罗马后来成为欧洲最繁荣昌盛的城市打下了重要的基础。

1780年11月，玛丽亚也因急性肺炎随弗兰茨而去，临终前她交代子女让自己长眠在丈夫的身边，她在床上写下了这样的一个备忘录——请保持你们父亲灵柩的原样，让我永远安心地和他在一起。

今天，在美泉宫存放弗兰茨和玛丽亚棺椁房间的正上方，有一幅巨大的雕塑画，这是玛丽亚生前亲自绘制的，画中一位天使化身的男子，正挥舞着一把隐形的宝剑，驱赶着代表恶魔的普鲁士，恶魔的下面则是一个惊恐可怜的弱女子……这幅画恰如其分地表达出玛丽亚这位罗马帝国的女王对丈夫的无限依恋和感恩！

第四辑

到此请放慢速度

雅典上空的“幽灵”飞机

2005年8月14日上午11点多，希腊雅典的上空突然出现一架来回盘旋的飞机，它如同“幽灵”一般左右来回打转，这一异常状态立即引起了希腊空中管制中心的高度注意，他们迅速向这架飞机发出无线电联络，但是却一直没有回应。

空管中心随后派出两架战斗机，前去一探究竟，很快，两架战斗机便飞到这架飞机的两侧，这才发现这架飞机是编号为522的“太阳神”号民航班机，但让战斗机上的飞行员大吃一惊的是，通过机舱的玻璃窗，他们发现“太阳神”号客舱里所有的乘客仿佛都处于昏迷状态，全都像是在座位上睡觉一样，神态安详。接下来的一幕则更让他们大吃一惊，驾驶室的机长和飞行员都不见了，整架飞机完全处于无人驾驶、被幽灵控制自行飞行的状态！

两个飞行员开始不停地朝“太阳神”号喊话、挥手，但是却始终没有得到任何回应。

15分钟后，两个飞行员突然发现“太阳神”号的驾驶室里有一个身影正在歪歪晃晃地走动，他们赶紧朝他喊话，但是，对方仿佛根本没有听见，7分钟后，“太阳神”号突然下降转弯，然后，从一万米的高空朝地面俯冲了下来，几秒后，希腊历史上最严重的空难事件发生了——“太阳神”号撞到雅典的格拉马蒂山上，飞机上121人全部丧命！

空难发生后，事故调查小组马上赶到了现场，很快，关于“太阳神”号的一些基本情况浮出了水面——这是架当天早上九点多从塞浦路斯岛拉纳卡机场飞往雅典的飞机。按照常规，一个半小时后它就将在雅典降落，但是，起飞不久后，拉纳卡机场的地面指挥人员便收到了“太阳神”号机长的报告，称通风冷却系统发出警报了，不久后，“太阳神”号便跟地面指挥中心失去了联系。

到底发生了什么？为什么乘客都像是昏迷了一样？歪歪晃晃的人又是谁？难道他就是“幽灵”？一系列的疑问难以解释。

好在，调查小组找到了驾驶舱里的“黑匣子”，它记录了飞机失事前的最后声音，里面的声音是颤巍巍的“求救，求救”。

很快，这个求救声被证明是“太阳神”号上的乘务员，年轻的小伙子安德烈亚斯的，也就是说，战斗机飞行员看到的那个走路歪歪晃晃的人就是安德烈亚斯，但是，作为一个位于客舱里的乘务员，怎么会跑到驾驶室里了，机长和副驾驶又发生了什么事情致使不能正常驾驶飞机？

验尸官很快给出一条有价值的信息，化验显示，所有遇难者在飞机坠落之前，都是有生命体征的，只是处于窒息昏迷状态。窒息则表明机舱内缺氧，但问题是，机舱里本是不可能缺氧的，因为它有自行的加压系统，能够根据飞机所处的不同高度，给出不同的气压，以确保空气始终能进入舱内。

很快，从飞机残骸中找到的一块增压控制板被送到首席调查员特索拉的手中，看到这块控制板，他兴奋不已，大声地询问控制板有没有人动过，是不是就是现场时的样子，人们给出的答案是，没人动过。特索拉脱口而出：“我找到原因了——控制板的开关位置处于手动位置，而非正常的自动位置。”

拉纳卡机场的地面工程师很快被叫了过来，他承认，14日的凌晨，“太阳神”号在执行完了一次飞行任务后，有乘务员曾跟他说过，驾驶舱和客舱之间的那道门好像有些问题，有些漏气。于是这位工程师便开始检查和调试，他首先要给机舱加压，但由于飞机不是处于飞行状态，因此气压不能自动进行增压调整，于是，他将增压开关调到了手动状态，这样就可以不启动飞机来测试了，但是测试完后，他却忘了将其调回去!

而更糟糕的是，早上九点钟正是地中海阳光明媚的时候，执行飞往雅典航班的机长和飞行员，很难发现增压开关处于手动而非正常的自动状态。

当飞机飞到一定的高度时，气压开始不足，于是发出警报，但其声音却和冷却系统的警报声是一样的，而且之前从没有出现过类似的状况，因为机长和飞行员错误地以为是温度过高造成的，但是又始终找不到排除这个故障的方法。

飞机越飞越高，压力越来越大，由于增压开关处于手动状态，不能自动调整，因此，机舱内的空气开始越来越少，机长和飞行员在紧张排除问题的过程中，慢慢开始感觉到呼吸困难，但是为时已晚，他和机舱里所有的乘客一样，开始昏迷，进入沉睡状态，飞机在无人驾驶的状况下，开始执行自动飞行，到达雅典上空时，由于无人输入降临的指令，“太阳神”号只能反复在空中盘旋，直至汽油全部用尽，坠落下去。随后的模拟飞行测试证明这个推断是完全正确的。

但是，为什么乘务员安德烈亚斯却没有昏迷呢？原来，在成为乘务员之前，安德烈亚斯曾是一名优秀的潜水员，而且还在特种部队服过役，身体和反应速度非常灵敏，当他发现自己和乘客开始迷糊时，立即呼叫机长，但是没有回应，他感觉到可能出事了，他马上离开了座位，艰难地用安全密码打开舱门，找到两瓶便携式氧气罐，然后试着救醒机长和飞行员，但是最终却没有成功。

这是一次人为操作疏忽加错误判断造成的空难，地面工程师的失误最终导致“幽灵”飞机“太阳神”号机毁人亡。

腾巴“复仇”记

在荒芜的印度坦尔布坎山区，生活着成群结队的陆地猴，它们分属不同的猴群，每个猴群都由一个强悍的猴王统治着。猴王有和猴群里的其他母猴繁衍后代的权力，而下一个猴王将在老猴王众多的王子中诞生。

幼猴腾巴便是 “卡塔那那”猴群中的一名王子，它长相出众，反应迅速，身手敏捷，在母亲莎贝娜严厉的教导下，腾巴远远胜过它的那些同父异母的兄弟，如果一切顺利的话，几年后，它必将继承王位。

然而，和人类一样，在王子没有正式成为王之前，一切改变皆有可能。就在腾巴五个月大时，一个外来者突然闯进了“卡塔那那”，它是一只叫斯图霸的年富力强的公猴，因为在自己的猴群里争夺王位失利后，斯图霸才转战到“卡塔那那”。这个狡猾的公猴已经在“卡塔那那”周围潜伏了很久，对腾巴的父亲，那只行将就木的老猴王的弱点了如指掌。

终于，一天中午，斯图霸突然对昏昏欲睡的老猴王发起了进攻，几个回合下来，老猴王便被它攻击得血肉模糊，一败涂地。按照猴群的规矩，失败的一方必须离开“卡塔那那”，到另外一个地方去自生自灭。颜面尽失的老猴王，当着“卡塔那那”猴群的面，纵身一跃，将自己摔死在山崖之中，这一幕被腾巴深深地印在脑海里。

得胜的斯图霸跳上高高的石峰，咆哮着，从那一刻起，它将成为新猴王，“卡塔那那”的所有母猴都将成为它的伴侣，任由它摆布，其中当然也包括腾巴的母亲莎贝娜!

腾巴和其他幼猴的厄运开始了，为了让母猴们能心甘情愿地跟自己繁衍后代，同时也为了防止幼猴以后挑战自己的王位，斯图霸开始实施自己的“斩草除根”计划，疯狂地弄死许多幼猴，同时还将一部分驱赶出“卡塔那那”，而那些幼猴一旦离开母亲的庇护，很快就会在恶劣的环境中一个个死去。腾巴小心地躲着斯图霸，它总是在离斯图霸很远的树枝上徘徊，它不愿意离开母亲莎贝娜，可是，这相当危险。

有一次，趁斯图霸外出，腾巴终于有机会重回母亲的身边了，它本想母亲一定会对它无比亲昵，但结果却是莎贝娜狠狠地将它推开，并驱赶它走。试了好几次，母亲都是一样的反应，只是每赶腾巴一次，眼里就多了一汪眼泪，腾巴伤心极了，它知道自己必须要离开了。

腾巴带着四个“难兄难弟”踏上了逃亡之路，这是一条艰辛、危险的伤感之路，一路上没有丰富充足的食物，没有了父母的庇护。很快，两个幼猴因为压力过大死了，还有两个则因为体力不支，成为了其他动物的口中餐，唯有腾巴逃了出来！

之后，腾巴成功地加入了另一个猴群，并且得到了猴王的欣赏，三年后，凭借着优越的自身条件，已然长大的腾巴成为了这个猴群的新首领。此时，它想起了跳崖的父亲和含泪驱赶它的母亲，腾巴决定重返“卡塔那那”——为父亲复仇，救回母亲！它深信，斯图霸不再是它的对手！

在一个阳光很好的日子里，腾巴带着它的臣子们，浩浩荡荡地回到了“卡塔那那”，威武的队伍一字摆开后，腾巴斗志昂扬，气壮山河地走了出来，它要在今天让斯图霸和自己当年的父亲一样，自毙于山崖下！

然而，令腾巴万万没有想到的是，眼前的斯图霸居然已老态龙钟了，一副潦倒无比的样子，虽然它的身边也不乏许多面露凶光，决心抗战到底的臣子们。

接下来，更让腾巴惊讶的是，斯图霸竟独自慢慢地走到了腾巴的面前，目光温和，一副视死如归、毫不抵抗的样子，这倒让腾巴一下子迷茫了。为了解开迷茫，腾巴开始搜寻母亲莎贝娜——它正在不远处哺育两只刚出生的幼猴，看到腾巴后，母亲眼里竟全无马上就要被解救出来的惊喜和兴奋！

腾巴怔了好一会儿，随后，突然对着天空发出几声高亢而又凄凉的吼叫，然后转头领着臣子们，含泪离开！母亲已经淡忘了仇恨，斯图霸也已这般模样了……

让代代永久仇恨下去，还是从现在开始，慢慢淡忘，直至最后的云消雾散？在这个选择上，人类和动物好像从来都没有过什么泾渭分明的区别，就如同我们从腾巴身上所看到的一切，而这也许正是大自然赋予世间万物所共同拥有的神奇！

终于做回胆小的自己

我一直都觉得父亲是这个世上最胆大的人。

我刚上小学时，父亲便在几十里之外的一所初中学校的食堂里做饭，从我家到这所学校要走一段很长的山路，两旁全是黑森森、遮天蔽日的茂密松树林，平日里，很少有人会走这条路，只有父亲一个人日复一日，年复一年地走在上面。

记得那时父亲每天去学校时随身都要带上一把手电和一把小弯刀。冬天里天黑得早，父亲给学生一做好晚饭，便急匆匆地朝回赶，但几乎无一例外都会赶上要走黑路，我曾问过父亲摸黑走山路害怕吗。父亲底气十足地回答说："不害怕，我胆大，更何况什么东西都怕人，听脚步声早就跑开啦！"

那时我便觉得父亲胆子真大。有一次，父亲说他在黑夜里走那条山路时，忽然听见前面隐约好像有一个"人"在小声哭泣，很凄惨，等走近一看原来是一只被捕猎夹夹住双腿，受了重伤的母獾子！"当时我一点儿都不怕，什么东西都怕人！"父亲淡淡地总结道，丝毫没有一点儿后怕的感觉。

大约从10岁起，每年的暑假，晚上我便要陪着父亲去30多里外的一个集镇上去卖熟山芋。每天凌晨2：00出发，父亲挑着两木桶山芋，而我则负责给他打手电照路。

那时，乡下农村夜晚的路上永远都是见不到一丝灯光的，且两旁总是有很多坟墓，这儿一座，那儿一座，胡乱地垒着。特别是一些新坟，尚未被毁的坟头上的白幡，总是会在夜风中发出哗哗的声音，让人不寒而栗。如果夜空中还有少许的星星，或挂着一轮明月，那就更让人害怕了——你能很容易看见那些飘舞的白幡！

但父亲似乎一点儿都不害怕，他让我走在他的身后，自己打头阵：“什么东西都怕人，尤其怕胆子大的人！”父亲这样说给我壮胆。

更可怕的还有，路上会冷不丁出现一座或几座丘坟，所谓丘坟指的是，那些棺材已经下到坟坑里去了，但却没盖上土，就那么放在外面，要等3年后才埋上，这是我们老家过去特有的殡葬方式，难产死了的孕妇，以及意外突然离世的人，都必须要进行丘葬，黑夜中的丘坟便成了恐怖的代名词。但父亲还是不怕，每次带着我走过丘坟旁，他都像没事一样，而我则吓得半死。

后来，父亲怕影响我学习，便决定不让我陪他去卖熟山芋了，在母亲的一再坚持下，他才同意我们每次送他一小段路程。黑夜中，我和母亲站在村口的高地处，父亲则独自打着手电上路，每隔几分钟，我就大声地喊父亲，父亲听到后就会回应一下，如此反复几次，以此来壮胆。一旦他走过丘坟，便会隔着寂静的夜空，对我和母亲大声喊道：“你们回去睡觉吧！”虽然知道这个世上根本就没有鬼，但是，当你真的走在黑夜里，而且还清楚地知道，你即将路过一个没有被埋葬起来的棺材，极少有人会不害怕的，父亲就属于不害怕的一类。

我上大学后，父亲便带着母亲去城里打工了。当我上班，有了自己的家庭和孩子，便希望他们过来与我们一起过，一方面可以帮我照顾孩子，另一方面也可以尽一点儿孝心。母亲爽快地答应了，父亲本来也是同意的，可后来他却反悔了，说母亲一个人来我这儿就行了，他要继续在外面打工，这让我非常生气——我已经不需要他再辛苦打工赚钱了，于是便在电话里朝父亲发了一通莫名的邪火，而父亲也不做声。

直到母亲来家里告诉我，父亲本来是打算留在老家的，在家养点儿本土鸡，弄点儿土鸡蛋，带给我们补补身体。可是，当他回到多年不曾回去的老家时，却发现老屋的边上，居然新葬了一个坟，父亲说他自己胆小，晚上一个人不敢睡在空荡荡的三间老屋里，所以才决定继续外出打工。

那是我30多年来，第一次听见父亲说怕！我也一下子清醒了过来——当年父亲走山路，过丘坟，一定也是怕的，只是他将这种怕深深地隐藏在心底，不让孩子和妻子知道，因为他深知，肩头上的家庭重担不允许他胆小，于是便用“什么东西都怕人，我胆大”这句话来将一切恐惧和害怕轻描淡写地抹掉，完成一个父亲和丈夫的责任！

现在父亲老了，不再是家里的顶梁柱了，于是，他才决定做回真实的自己，承认自己也是胆小的。

那个不施农药的傻傻“苹果”

这是一则发生在日本的真实故事，在日本青森县中津轻郡岩木町有一个叫木村的果农，他的祖上和周边的邻居们世代都靠种植苹果为生，到了木村这代也同样如此。

但与其他果农不同的是，木村从一开始就拒绝给苹果树喷洒各种农药和添加化肥，他认为如果这样做的话，结出来的苹果就会有农药残留，对人体健康有害。

木村坚信大自然有一种神奇的平衡力量，能够使苹果树在不需要农药和化肥的帮助下同样也能结出甜美的果实来。

但在别人看来，无农药苹果简直是一件不可能实现的事情，因为自18世纪苹果传入日本以来，果农们就一直依靠农药来对付啃噬苹果的各种害虫，利用化肥来给苹果树提供足够的养分，如果没有农药，苹果树就会被害虫祸害完，而没有化肥，则结出的苹果将会非常消瘦丑陋。

而木村也确实在无农药无化肥栽培苹果的路上，吃尽了苦头。他的4个苹果园，先是因为没有农药的作用，遭到了各种害虫的大举侵蚀，生病掉叶子，无法开花结果。

为了对付这些害虫，除了不断清理掉苹果园里的杂草，木村还带领着自己的妻子和岳父岳母，每天都在苹果园里捉虫子，并且喷洒过诸如蛋清、醋、辣椒水、泥水等多种自己发明的环保无害“驱虫剂”，但效果都不佳。

木村的苹果园变成了害虫的天堂，苹果树被摧残得惨不忍睹，情况一年比一年糟糕，进入第5年，苹果树依旧不能开花。

因为年年无收成，木村已经是家徒四壁，还欠了一大笔债务，甚至因为拿不出医保费，医保卡也被没收了，几个孩子更是穷得买不起一根铅笔。而他的邻居们则因为高居不下的苹果价格个个富得冒油。6年来，木村和妻子、岳父岳母每天都在没有苹果的苹果园里工作。“那个傻瓜脑袋坏掉了，离他远点儿，笨蛋会传染的。”人们这样讽刺和挖苦木村。

不光是左邻右舍不理睬木村，就连亲戚也不邀请他参加婚丧嫁娶，他的亲生父母也因为忍受不了这份羞耻而不再与他来往。更糟糕的是，按照疏于对抗病虫害的果农将会被罚款的法律规定，青森县政府数次上门要木村交纳罚款。

越是执着于无农药栽培，生活越是贫困，也越惹人非议。因为一直无法成功，渐渐地，木村也开始怀疑自己的脑子坏掉了，2005年夏天的一个黄昏，走投无路的木村带着一根绳子默默地朝岩木山山顶上走去，他决定到那里去结束自己的生命。

然而，就在他快走到山顶时，他突然发现不远处有一棵苹果树，那几乎就是一棵魔法树——叶子很好，花很多，它当然没喷洒过一滴农药！这里和他山下的苹果园是一样的生长环境，但是不同的是，这棵苹果树是生长在杂草丛生的地里，且地面松软、温暖。至此，木村终于找出了原因——泥土上的差异。

原来，喷洒农药其实是把苹果树和大自然隔绝开，山上的泥土比较温暖，是因为生态系统没有被农药破坏，里面有许多活动的微生物，而苹果园的生态系统从他的祖上起就已经被破坏，而且杂草一直被他清除，原生态无法重新恢复。此后几年，木村的工作便是让果园里长上杂草，并且种上大豆，每天测试土壤里的温度，以恢复泥土里的微生物。

相隔10年，在2009年的春天，木村的苹果树终于开花了！更让木村兴奋不已的是，之后结出来的苹果虽然外貌又小又丑，但味道却是出奇地好，能让食用者吃出激动的眼泪来。“从来没有吃过这么好吃的苹果。”这是食用过木村苹果的人不约而同要说的一句话，一个切开的苹果，放了两年都不会腐烂，只是慢慢地一点点干缩，最后变成一个红色的苹果干，散发出淡淡的诱人清香。当今世界上，只有木村的苹果能真正做到这样。

目前，木村的苹果已被预订到10年后了，其中三分之二的苹果被日本政府作为国礼赠送给贵宾。蝗虫在杂草中跳来跳去，蜜蜂在快乐地飞舞，远处还有各种虫鸣蛙叫，笨蛋木村坐在自己的苹果园里，咧着嘴呵呵笑。

一条忍着不死的鱼

在距非洲撒哈拉沙漠不远处的利比亚东部，有一个叫杜兹的偏远农村，这里白天的平均气温高达42℃，一年中除了秋季会有短暂的雨水外，其他绝大部分时间都是骄阳似火。

然而，就在这样一个恶劣的环境中，却生长着一种世界上最奇异的鱼，它能在长时间缺水、缺食物的情况下，忍着不死，并且通过长时间的休眠和不懈的自我解救，最终等来雨季，赢得新生，它便是非洲的杜兹肺鱼。

每年当干旱季节来临时，杜兹河流的水都会枯竭，当地的农民便再也无法从河流里取到现成的饮用水了。为了省事，当他们在劳作时口渴了，便会深挖出河床里的淤泥，找出几条深藏在其中的肺鱼，肺鱼体内的肺囊里储存了不少干净的水。

农民们将挖出来的肺鱼对准自己的嘴巴，然后用力猛然挤上一顿，肺鱼体内的水便会全部流了出来，帮他们解渴。

然后，农民便会将其随意地一扔，不再顾及它们的死活。

有一条叫“黑玛”的杜兹肺鱼就不幸遭遇了这样的事情：当一个农民挤干了它的水分后，便将它抛弃在河岸上。无遮无挡的黑玛被太阳晒得直冒油，生命垂危。好在它拼命地蹦呀、跳呀，最后终于跳回到了之前的淤泥中，重新捡回了一条命。

但是，不幸远没有就此打住。很快，又有一个农民要搭建一座泥房子，于是他开始到河床里取出一大堆的淤泥，好用它们做成泥坯子。不巧，黑玛正好就在这堆淤泥中。于是，它又被这个农民毫不知情地打进泥坯里。泥坯晒干后，那个农民便用它们垒墙，黑玛很自然地便成了墙的一部分，完全被埋进墙壁里，没有人知道墙里还有一条鱼。

此时墙中的黑玛已完全脱离了水，而且没有任何食物，它必须依靠囊中仅有的一些水，迅速进入彻底的休眠状态之中。

在黑暗中整整等待了半年后，黑玛终于等来了久违的短暂雨季，雨水将包裹黑玛的泥坯轻轻打湿，一些水汽便开始朝泥坯内部渗入。

湿气很快将黑玛从深度休眠中唤醒，体衰力竭且体内水分已基本耗尽的黑玛，开始拼命地吸呀吸，好将刚进入泥坯里的水汽和养分一点点全部吸入肺囊中——这是黑玛唯一的自救办法。

当再无水汽和养分可吸之时，黑玛又开始新一轮的休眠。

很快，新房盖好后的第一年过去了，包裹着黑玛的泥坯依旧坚如磐石，黑玛如同一块"活化石"被镶嵌在其中，一动也不能动。黑玛深知此时再多的挣扎都是徒劳，唯有静静等待。

第二年，泥坯彼此之间已不如之前密合得那么好，它们开始有了些松动。黑玛觉得机会来了，它不再休眠了，而是开始日夜不停地用全身去磨蹭泥坯。生硬的泥坯刺得黑玛生疼，但它始终没有放弃，在它的坚持下，一些泥坯开始变成粉末状，并纷纷下落。

在黑玛日夜不断的磨蹭之下，第三年它周围的空间大了许多，甚至可以让它打个滚，翻个身了。但是，此时的黑玛还是无法脱身，泥坯外还有最后一层牢固的阻挡。

改变命运的转机发生在第四年，一场难得一见的暴雨终于在某个夜里呼啸而至，更可喜的是，由于房子的主人已在一年多前弃家而走了，这座房子在暴雨和狂风的作用下，泥坯开始纷纷松动、滑落，直至最后完全垮塌。此时，黑玛用尽全身最后一点儿力气，与暴风雨里应外合，终于破土而出了！

沿着路面的水流，重见天日的黑玛很快便游到不远处的一条河流中，那里有它期待了4年的一切食物和营养。肺鱼黑玛终于战胜了死亡，赢得重生！这是杜兹，也是整个撒哈拉沙漠里的生命奇迹，而这个奇迹的名字显然便叫坚持和忍耐！

到此请放慢速度

米西索加是加拿大安大略省的一座城市，它是加拿大人口第六多的城市，也是重要的交通枢纽，有多条高速公路和铁路线横跨境内。

1979年11月10日，一列有着106节货箱且每节货箱里都有罐装剧毒化学物品的火车，因为赶时间，在米西索加的一个人口密集的岔道口与另一辆火车相撞。火车脱轨后，第1节到第9节车厢里的70多个货罐被甩了出去，撞击后发生泄漏。最糟糕的是，当时火车里只有3人，其中，火车司机和1名押解员当场死亡，另外一名受了重伤的押解员也奄奄一息了。

很快，90吨对人体有害的工业化学毒气开始弥漫到空气中。毒气如果得不到及时处置，将会对当时有30多万人口的米西索加造成灭顶之灾！

此时，几乎没有人敢靠近出事的火车，因为越靠近它，毒气的杀伤力越大。更麻烦的是，面对这起化学毒气泄漏事件，当地人都不知道如何去封住那些破损的货罐。

唯一知道该如何处置的人，只有那名尚留在火车上的押解员。

赶来救援的41岁的警员雅克·安德鲁决定冒着生命危险，救出那名押解员，谁也没想到，只戴着一个简易的临时防毒面罩的安德鲁居然成功了，他穿越了毒气死亡线，找到了押解员，然后大声地呼喊对方，想让他告诉自己该如何阻止毒气外泄。

终于，押解员被安德鲁唤醒了，他艰难地告诉安德鲁，快去第86节或87节货箱，寻找化学物品泄漏处置说明书。说完了这些话后，押解员便永远地闭上了双眼。

17分钟后，安德鲁艰难而又幸运地在第87节货箱里找到了处置说明书，当看到说明书上的警告后，他吓出一身冷汗，因为上面清楚地写着："如果这些化学物品和氯气等暴露在空气中时间过长，就会要了它周围人的性命，而且氯气一旦与其他物质结合，还极易发生爆炸！"

安德鲁立即将说明书上看到的警告内容汇报给上级。仅仅15分钟后，政府便下令：一边立即疏散米西索加所有的市民，一边按照处置说明书上的要求，封阻破损的货罐！

在24小时内，有25万米西索加人被安全地撤离了，没有一人发生中毒事故，破损的货罐也被有效地封阻住了，它也因此被称为20世纪世界上最快速、最成功的一次紧急疏散营救行动。直到一周后，那些致命的泄漏毒气才在米西索加的上空散去，人们才陆续回到家中。

一个月后，加拿大政府通过立法的形式规定，国内所有装有对人体或环境有害物质或气体的交通工具，包括飞机、火车、汽车、船舶，在运输时必须要随身携带一套遭遇意外事故的应急处置方案，此方案必须具有可操作性、有效性，并且一定要放置在最容易被人们发现的地方。

同时，该法案还严格规定，以上交通工具，特别是火车，在通过人口密集、交通繁忙的地段时，必须无条件地放慢行驶速度，让道于民，以确保不发生因为速度过快而引发的意外事故。这个法案直到30多年后的今天依然被严格执行。

凯特王妃的私人香水由谁制作的

2011年4月29日，英国威廉王子和凯特王妃举行了隆重的婚礼，在作为婚礼宣誓现场的威斯敏斯特大教堂里，所有参加婚礼的人都被一股无比清新、自然、舒服的香气包围着，就连主持仪式的牧师也差点儿被这股从未闻过的香气弄得有些魂不守舍。

这股香气不是来自教堂里的鲜花，也不是来自室内的空气清新剂，而是来自于凯特王妃的身上。这是一种用保加利亚玫瑰精油制作而成的超级香水——蓝皇冠1号。

而为凯特王妃制作出这款全世界最独特香水的人是英国首席私人香水大师——格兰特·克里德，他是一个有着200多年香水制作历史的家族的第11代继承者。

普通的英国人对于克里德的名字并不熟悉，而在英国的一些富人贵族阶层里，克里德则是如雷贯耳。他的祖辈因为在香水制作上的非凡成就，曾经被英国国王乔治三世指定为英国皇室御用香水制作师，每年英国皇室会付给他们一笔不菲的费用。

在英国富人和贵族阶层里，每一位绅士和女士都不希望自己使用的香水是从香水生产工厂的流水线上流出来的，他们更不希望在出席公众场合时，自己身上所散发出来的香水味跟别人是一样的。个性化、唯一性是他们追求的重要标准，而对于英国皇室来说，更是如此。

自乔治三世开始，英国皇室每两年都要指定人员，来克里德的香水制作基地视察一次，以确保香水的品质，而皇室成员寄存香水的地方则更是绝对的机密，需要凭借一份特殊的通行证才能进入。

即便是皇室成员，他们每个人所使用的香水，也同样是不相同的，每个去定制香水的皇室成员，都要接受克里德及其助手详细的问询，包括平时的个人喜好、生活习惯和娱乐休闲方式等，克里德会像一个心理专家一样，将所有的问题都问一遍并详细记录下来。

接下来的半个月时间，克里德将会一门心思地研制符合定制者个性的香水。一般情况下，他拿出4种到6种差异不大的香水款式，然后让定制者带回家去试用，克里德会根据试用的反馈信息再进行适当调整。经过3次到4次适当的调整，这些具有唯一性、符合定制者个人需要的香水就基本上定型了。经过半年浸泡后，定制者就可以使用了。

一般情况下，克里德为定制者一次性准备20盎司的香水，这些香水足以令定制者使用3年到5年。

几年后，这款香水的定制者需要跟克里德再次签订合同，是继续使用这款香水，还是舍弃它，将其转化为大众产品，公开对外出售。

凯特王妃在大婚前的6个月就曾在英国皇室的安排下，秘密造访克里德，并且选用了每克价格高达8 000多美元的保加利亚顶级玫瑰精油作为香水的主原料来与王妃的气质和品位相匹配。

随着克里德的名气不断增大，越来越多的英国富人开始要求他为自己量身定做香水，他已不仅仅是英国皇室的御用香水师了，因迫于资金吃紧和各方压力，英国皇室也只好默许克里德适当揽些“外活”。

谁让“蒙娜丽莎”不再居无定所

20世纪80年代以前，达·芬奇的旷世之作《蒙娜丽莎的微笑》经常在世界各地展出，为它的归属者罗浮宫赢得了极大的声誉和利润。但是从某一天起，这幅不朽的杰作却突然停止了周游世界的脚步，转而在罗浮宫永久性地“定居”了下来，追究其原因，这里面还有一段不为外人所知的真实故事。

故事要从一名叫沃格尔的巴黎邮差说起。

出生在法国巴黎11街区的沃格尔，从20世纪50年代初期起，便是巴黎邮政局的一名邮差。让人没想到的是，邮差沃格尔居然对油画这种艺术品有发自内心的痴爱和独特的鉴赏能力。他和妻子努力工作，将省吃俭用下来的钱都用于购买一些他喜欢的画作。他购买的这些画，在其他人看来并不怎么样，所以价格不高，有很多甚至非常便宜。

结果沃格尔用了二十几年的时间，买下了1 000多幅画，这中间有数十幅是世界级艺术大师的作品，其中有毕加索、谢夫冠等人的。

沃格尔怎么也没有想到，他低价收购来的1 000多件作品，在不久之后，让他一下成了富可敌国的“暴发户”。20世纪80年代中期，欧洲艺术品迎来了第一次商业价值飙升的井喷期——拍卖行里艺术大师们的画作价格一浪高过一浪，一幅画转手就能获得数十倍甚至是上百倍利润的事比比皆是。

当艺术投机商们得知沃格尔手中有着上千件画作时，纷纷接踵而至，要求高价收买。据保守估计，按照当时的价格，沃格尔手中的画总价值大约2 300万美元，他只需随意出售掉其中的一部分，就完全不必再风里来雨里去地帮人送信，还能保证他的家族好几代都衣食无忧。

但是，让人费解的是，对于自己的藏品，沃格尔坚决不卖，称要留着自己欣赏和感悟。这些艺术品投机商们哪肯就此罢休，收购价开得一个比一个高。到后来，他们甚至动用了巴黎黑帮，让他们恐吓沃格尔卖画。

即便如此，沃格尔还是不答应卖，为了保住这些画，他宣布将它们全部无偿捐献给罗浮宫，但有两个条件，一是捐出去的这些画只能永久地被罗浮宫收藏，不得在市场上流通。另外一个条件则完全出乎人们的意料——让罗浮宫最有价值的画作《蒙娜丽莎的微笑》从此不再巡展！

沃格尔认为，罗浮宫没有权利把这幅旷世之作当成商品，从搬来移去中获利，他们必须替全世界保管好它，而不是让它处在居无定所中。事实上，尽管罗浮宫百般小心谨慎，但在反复搬移中，这幅名画还是受到各种轻微的损伤，有一次在意大利展出时，甚至还差点儿被一个罗马盗贼用步枪击中。

很多人对于罗浮宫不顾画作安危四处巡展的做法都深表不满，但却没有任何有效的制止方式。

而罗浮宫却振振有词地说："巡展可让更多热爱艺术的人得以欣赏它的魅力。"沃格尔则认为，这不过是罗浮宫的一种宣传噱头，因为这幅画每到一处，展览的地方就戒备森严，普通买票的参观者只能在几十米外匆匆看上一眼，根本无法感受其真正的魅力。

此外，沃格尔还认为，正是由于这幅画到处巡展张扬，并被一些别有用心的人人为地夸大其价值，才给传统的油画市场定位造成了极大的冲击，撩拨起艺术品投资分子的贪婪渔利之心，让艺术品变成有钱人的玩物，破坏了其本身的艺术价值。

"所有人类杰出的画作都应该待在墙上，给凝视它们的人以智慧和启示，而不是四处转手获取渔利，让喜欢它们的人只能远远地匆匆一瞥，失去接近它们的权利和自由。"沃格尔最后这样总结道。

可能是考虑到沃格尔所捐赠品的巨大价值，罗浮宫最后同意了他的要求，让《蒙娜丽莎的微笑》从此在罗浮宫定居下来，恭候那些真正懂得它价值的人前来近距离欣赏。

信鸽如何完成快递胶卷

奇斯姆在距落基山脉267千米处，开了一家漂流泛舟者旅游公司，专门组织来自全美的漂流泛舟爱好者去落基山脉深处的山谷河流中漂流泛舟。他还雇了两名专业的摄影师，专门为漂流泛舟者们拍摄照片，然后，再将胶卷底片带回旅游公司总部，由专人洗好后邮寄给游客。游客们接到照片后再将相片的费用打到公司的银行账户上。

但是，落基山脉地形复杂，交通不方便，而且没有网络信号，因此，送回胶卷底片所耗费的时间非常长。等邮寄到游客的家里时，已经是两三周后的事情了，游客们一般都已过了拍照时的兴奋期了。结果有四分之一的人，会以照片拍得不好为理由，拒绝付费，这让奇斯姆大为苦恼。

如何以最快的速度将照片送到游客的手中成为此后奇斯姆所要重点解决的难题。最终他想出来了一个妙招，那就是用信鸽来送胶卷底片，也就是信鸽快递。最后奇斯姆挑出十几只叫 “喷火者”的信鸽，这种信鸽在20世纪的两次世界大战中曾作为间谍，为美国传送了大量的军事情报。

经过一个多月的训练，奇斯姆的信鸽们成功地学会了“快递胶卷”，平均时速能达到80千米，也就是说，通常只需要花上3个多小时，“喷火者”便能将两位摄影师所拍下的胶卷全部快递到公司总部，成功率达到惊人的100%。这样刚泛完舟、漂完流的游客们一回到奇斯姆的公司总部，桌子上就已经放好了他们的照片了，一手交钱，一手交照片，游客们再也没有理由赖账了！

奇斯姆是如何训练“喷火者”并让它们从落基山脉中回到总部的呢？奇斯姆是这样揭秘的——食物引诱法。一开始，他采取的是逐步分段法训练这些信鸽，就是将从落基山到公司总部这段200多千米的路程分成好几段。先是八分之一，也就是从30多千米外训练信鸽如何找到回家的路，飞回的立即给予食物奖励。等信鸽认清了这段路后，再将路途的距离加长，变成四分之一，也就是从60多千米处成功飞回来的也给予食物奖励。再次是二分之一，直至最后的267千米，这种逐步提高飞行距离的做法很快收到了实效。

但是，奇斯姆自己也搞不清楚，他的“喷火者”究竟是怎么记住那么遥远的路的，它们的脑袋那么小，难道有导航地图和特殊的感知？为了弄清这里的奥秘，奇斯姆请来了英国的一名信鸽研究专家，这位专家在“喷火者”存放胶卷的包包里放了一台袖珍GPS，全程跟踪摄像。

很快GPS传回了“喷火者”的飞行路线图和飞行状态——当“喷火者”接近落基山脉时，会迅速朝上飞，飞到一个至高点，然后在空中盘旋一阵子，然后再落到刚才攀升点，继续赶路。这位专家猜测，这可能是信鸽在收集落基山的地貌，接下来的路线图证明了他的观点——“喷火者”居然完全不是人们之前所想象的那样，采用直线飞行，而是采取了非直线飞行。更令人称奇的是，它们的飞行路径和落基山的某条河流和山的走势居然惊人相似。这就充分说明，信鸽在高空盘旋实际上就是在查看落基山脉的地貌，收集和记牢地貌的走势信息，再利用这些信息为自己的飞行导航并制订自己的飞行路线！

那么，如何制订出最佳、最短距离的路线呢？这位专家通过对一只刚参与快递胶卷的信鸽进行连续几天的GPS跟踪，很快发现其中的奥秘——聪明的“喷火者”竟然能自我校正，它们只要通过3次到5次的飞行，就能找到一条最佳的路线，避免走无谓的“弯路”！

此外，专家和奇斯姆还觉得“喷火者”的大脑里有一个磁场罗盘，同时还有超级灵敏的嗅觉，比如落基山脉的北方有一大片的雏菊，而公司总部南面附近有一个化工厂，平时空气中总会弥漫着一股淡淡的臭味，信鸽便能通过风向中的味道，通过罗盘定位，判断出东西南北的方位。

因为空中还有它们的死敌——鹰隼，这种猛禽对信鸽们太有好感了，能一口就将“喷火者”连同胶卷吞进肚子里！那么，“喷火者”是怎样做到快递不丢命，胶卷不丢失的呢？

奇斯姆最终发现，原来，具有数千年与鹰隼斗争历史的“喷火者”自有避开强敌的妙招，那就是一旦发现鹰隼，就立即朝上飞，以最短的时间达到与鹰隼同样高的位置，只要与鹰隼飞得一样高，对方就再也抓不住它们了。因为此时，信鸽的飞行速度比鹰隼快！如果信鸽一旦遇到鹰隼就拼命朝下飞，就必死无疑了，因为俯冲是鹰隼的杀手锏！正因为知道鹰隼飞行的优劣势，“喷火者”才能屡次从鹰隼口中脱险。

狐狸不能骗到乌鸦

小时候，在课本上读过《乌鸦喝水》的故事，说的是一只乌鸦口渴了，在它的面前有一瓶水，但是由于瓶底很深，里面的水又很少，乌鸦的嘴根本够不到水，于是乌鸦想到了一个办法，叼来许多石子，然后将它们一一放进瓶子，随着石子的增多，瓶里的水慢慢升上来了，于是乌鸦便轻松地喝到水了。

当时老师把这篇文章当童话来讲，我们也一直以为这只是一个虚构的故事，因为没有谁会觉得代表着凶兆和血光之灾的乌鸦会有这么聪明。

事实上，这则故事却是真的。众多的科学研究都表明，乌鸦足智多谋，相当聪明，是天空中绝对的灵长类。

在澳大利亚著名的古纳谷鸟类研究中心里，专家做了一个类似乌鸦喝水的实验。他们将一块肉片放入一个长玻璃试管里，然后把试管平放在地上，试管的旁边放着一长一短、一粗一细的两根横截面是空的小竹筒，然后让乌鸦获得试管里的肉片。只见，乌鸦先是用嘴叼住其中长的一根竹筒，试着去够肉，但很快就发现够不着，于是它站在那儿想了想，把长竹筒叼了出来，改放入短的竹筒，再将长竹筒的一端插入短竹筒中，这样一接后，便成功地推出位于试管最底部的肉片了。这个实验不仅证明喝水的故事是真的，而且还说明了乌鸦具备了使用一系列工具的能力。

在美国纽约的康柏仁动物研究所里，专家还做了一个检验乌鸦动作协调能力的实验——用一根细绳的一头拴住一块猪肉，然后，将绳子的另一头系在一根树枝上，看乌鸦能不能吃到绳子上的那块猪肉。

结果，乌鸦是这样做的——它站到树枝上，先用喙把绳子朝上拉一小截，然后迅速地把拉上来的这一小截用脚踩住，不让其滑落下去。接着再朝上拉一小截，再踩住，就这样一拉一踩，反复几次，最后把整条绳子都给拉上来了，成功地获取到肉块。专家先后试验了8次，结果每次乌鸦都能成功，成功率达到100%，之前，其他动物也能做到这点，但是其成功率却远不如乌鸦。

此外，乌鸦还有着惊人的探索和驾驭环境的能力，一只在伦敦城市中心的乌鸦，在垃圾桶里获得一粒坚果，但是这粒坚果的壳却非常坚硬，乌鸦无法用喙将其啄开。这只聪明的乌鸦，不慌不忙，冷静地观察了一下周边的环境，然后便有了一条妙计——它叼起坚果，飞到空中，然后狠狠地将其摔到一个十字口的马路上。结果，很快过往的车辆便将这粒坚果的壳给压开。更神奇的是，当坚果的壳被压开后，站在不远处的这只乌鸦却并不急于立即飞过去叼走坚果，而是耐心地观察十字路口的交通信号灯。当信号灯显示是红色，所有过往的车辆都停下来时，它才飞过去，然后迅速地叼走那颗坚果。

在英国牛津大学的鸟类研究所里，鸟类专家们还发现了一种来自新喀多尼亚岛上的乌鸦，这种乌鸦居然能自主使用工具，而且熟练地掌握了工程技巧。它们能将一根带有杈的树枝，制作成一个弯钩，然后用它去掏树洞里的小虫子。新喀多尼亚乌鸦先咬断树枝的一端，只剩下带杈的分支，然后再咬掉下面多余的部分，最后还用喙将钩子修锋利，这是人类首次发现除猩猩外，具有主动制作工具捕食这项本领的动物。原来，由于这些乌鸦一直生活在虫子只会躲在树洞里，外面没有任何腐肉的新喀多尼亚岛上，为了生存，它们无师自通地学会了这项本领。

此外，乌鸦还有良好的攻防意识，《伊索寓言》里还有一则乌鸦与狐狸的故事，说的是，有只乌鸦偷到一块肉，衔着站在大树上。路过此地的狐狸看见后，口水直流，很想把肉弄到手。它便站在树下，大肆夸奖乌鸦的身体魁梧、羽毛美丽，还说它应该成为鸟类之王，若能发出声音，那就更当之无愧了。乌鸦为了显示它能发出声音，便张嘴放声大叫，而那块肉掉到了树下。狐狸跑上去，抢到了那块肉。事实上，这个故事是不符合实情的，因为现实中乌鸦的攻防意识堪称一流，它们在贮食时，常常与对手展开智力竞赛，制造出各种假的信息和假动作，以迷糊对手，它们是动物界里出名的高级计谋大师。乌鸦专家们使用过很多手段想骗取乌鸦口中的食物，结果都没能得逞。

也许正是看到乌鸦如此聪明，从1660年起，英国国王查尔斯二世就下令在放入“伦敦塔”的六种动物中，一定要有乌鸦，一直到今天，伦敦塔里依然有乌鸦的身影，成为游客们必参观的一个项目。

微笑记得我

在印度西部沙漠的拉吉斯坦省内，有一个不应该被世人忘记的民间慈善组织——萨密尔。自1975年成立至今，这个成员不到10人的组织每天都只做一件事——生产和制作他们称之为“捷布脚”的东西，也就是我们平时所见到的义肢。但它却绝不是因此而应被记住，而是因为萨密尔将这些“捷布脚”，全都免费送给因各种原因而导致手脚残废的人。

萨密尔的创办人，是现年73岁的印度人拉吉夫·阿克巴，而他创办萨密尔也是一种巧合。年轻时，阿克巴曾是印度一名天赋型的优秀雕刻家，在印度的艺术界小有名气。1972年3月，34岁的阿克巴雕刻了一组反映1962年印度战争的雕塑，并且举办了一个为期半年的雕塑展。残酷的战争场面被他刻画得栩栩如生，失去手脚的士兵，面露惊恐之色的指挥官……雕刻展览赢得了满堂彩，前来参观的观众非常踊跃。

一天，雕塑展览馆里来了一名奇怪的观众，他长久坐在一座雕塑面前，神情看上去非常悲伤，这引起了阿克巴的注意。当阿克巴走上前试着和对方交流时，才惊讶地发现，此人竟然只有一条腿，他是艰难地拄着一个拐杖专程从家里赶来看展览的。更让阿克巴没意料到的是，这位名叫易卜拉的残疾人，竟然参加过印度战争，而且他的一条腿就是在这场战争中永远地失去的！

易卜拉还告诉阿克巴，当他被送回战地医院时，刚开始，每次只要看到护士帮他包扎断肢时，他都要痛苦地说道：“就让我死吧。”由于战争后，政府并没有给他提供过多大的帮助，因此，易卜拉根本买不起昂贵的义肢，只能靠一根拐杖生活，他对未来的生活完全失去了信心。

然而，更糟糕的还在后面，几年后，易卜拉才6岁大的儿子居然也在一次车祸中失去双腿，从此无法站立。由于买不起更昂贵的残疾人专用轮椅，易卜拉的儿子也只能整天躺在床上，连课堂都去不了。

易卜拉一家的不幸遭遇给了阿克巴极大的震撼，他决定要帮助他们。阿克巴自掏腰包为易卜拉的儿子定制了一副价格不菲的义肢。让阿克巴感到无比欣慰的是，装上义肢不到10分钟，易卜拉的儿子便能站起来了，一个月后竟可以跑着追公交车了。之后，他便完全可以跟其他同龄人一样，轻轻松松地去上学了！

成功帮助完了易卜拉的儿子，阿克巴突然决定放下手中的刻刀和如日中天的雕刻事业，转而来做义肢、义脚。因为他发现在印度，有许多许多像易卜拉和他儿子一样的人，因为各种原因而致残的人，这些人大部分无经济能力让自己重新再站起来，他必须帮助他们，使他们重新开启各自的人生！

经过两年多的充分准备，1975年阿克巴正式创立了萨密尔，他利用收集回来的废旧无害的汽车轮胎和石膏作为原材料，在专业师傅的指导下，学会如何制作义肢、义脚，并且为这些义肢、义脚找到了合适的主人，免费提供给他们。为了让义肢、义脚尽可能地“合肢”、“合脚”，阿克巴对制作的质量要求相当之高。

现在，萨密尔得到了世界红十字会和印度政府的资金支持，每年能为全世界3万多残疾人提供免费制作义肢的服务，目前接受服务的人数累计已经超过100万，“捷布脚”也因此成为印度最精巧的发明。

同时，萨密尔还为遭受战争蹂躏的国家及经常遭地震、恐怖袭击的国家和地区的残疾人提供“捷布脚”服务。

“失去活下去的意志，直到我装上‘捷布脚’后，人生才开始改变，微笑才又回来了！”这是受过萨密尔帮助过的人们的共同心声。

然而，作为萨密尔的创立者和推动者，多年来，阿克巴一直保持低调，他从不对外接受任何采访，只是默默无闻地坚持做这件事，有朋友曾问他：“你这样做值得吗，又有谁能记住你呢？”阿克巴是这样回答的：“重获生活信心的人们记得我，微笑记得我。”

约瑟的灯塔

如果要说这个世界真有尽头的话，那么这个尽头就是在地球最南端的合恩角上。位于美洲大陆最南部、与麦哲伦海峡遥遥相望的合恩角是人类目前已知的最南端的一个小岛屿，被称之为“天尽头”。

合恩角之所以不被外界广泛知晓，是因为这个岛屿很少被人看到，更别说登陆了。合恩角附近的水域是已知海洋上最凶险的区域之一，一年中的80%的时间都是险象环生，在这里时速100千米的风暴常常被称为“微风”。同时又由于这里没有任何灯塔的指引，过往船只在恶劣天气环境中很容易迷失方向，这段水域也因此成了著名的“船的坟墓”。自从这里通航以来，已经有800多艘船只在此沉没，近百名智利海员和一些来此作业的捕鱼者也因此葬身海底。

但即便如此，每月还是有数艘船只，特别是一些打鱼的渔船冒险经过此地。然而，令他们兴奋不已的是，不知从何时起，合恩角上居然耸立起一座高高的灯塔，每到夜幕降临之时，灯塔就会发出亮光，塔上还有一个人为他们打方向灯，发布风暴信息，这使得在此航行的船只迷路的概率大大减少，海上事故也少了很多。

后来人们才知道，负责照料灯塔的这个人叫约瑟，他是一个雅玛纳印第安人的后裔。据悉，约瑟曾随同父亲生活在由智利政府和一个海军基地共同出资修建的乌奇卡聚居点上，聚居点里生活着许多海军家属和来往的渔民。但由于是印第安人，约瑟和父亲常常遭到乌奇卡上的其他种族，特别是一部分白人的歧视和白眼。

退役后，父亲便带着约瑟离开了乌奇卡，来到了荒凉的孤寂的合恩角上过起了自给自足的生活。约瑟的父亲本来是想借机逃避种族歧视，然而到了合恩角岛上后，却发现如果能在上面建立一个灯塔，那么就一定能减少来往船只的事故率。但这是一项自愿的活动，因为政府根本不愿意花钱建灯塔，约瑟和父亲只能自筹资金，花了好几年的时间才最终将高高的灯塔建成。随着灯塔的建成，约瑟和父亲也变成了两个彻头彻尾的穷光蛋，平日里靠着过往的渔船给他们抛来一些海鱼维持生活。

虽然这是一项吃力不讨好的苦差事，但是，却没有阻挡住约瑟，父亲死后，约瑟成了岛上唯一的男人。他继续承担父亲的工作，约瑟不仅是合恩角上的灯塔员，同时还是天气观察员、预告员和导航员，无论刮风下雨，每天晚上，约瑟都会准时爬上高高的灯塔，为来往的船只指引航向，直到今天。

现在，每年都有近百名游客能够幸运地乘机登上这个小岛，他们每个人在合恩角上逗留最长时间不能超过一小时，除了欣赏到绝对的“天之尽头”的景象外，他们还都会拜访已经在岛上独自待了20年的灯塔管理员约瑟，听听他的岛上故事。

不久前，曾有一名登陆到合恩角的游客困惑地问约瑟为什么不离开合恩角，结束孤苦寂寞的岛上生活。约瑟是这样回答的：“如果我离开了，来往的船只将重新任由海洋摆布，假如船上的人因此而丢了性命，那将使我余生无法入眠！”

现在要交代的是，过往船只上的许多人都是曾经歧视和嘲笑过约瑟的乌奇卡聚居点上的人。他不但不计较，不记恨曾给自己带来过伤害的人，反而义无反顾地为他们照亮黑夜中航行的方向，这个叫约瑟的印第安男人，让孤寂冷漠的合恩角变得温情脉脉，而这也许正是每年都有许多游客想去岛上看看他的原因之一吧！

沙特尔之蓝

法国沙特尔教堂藏有两件无价之宝，一件是法国国王赐予的“圣母之莎”，据说，它是圣母马利亚生下耶稣时的罩莎，另一件便是位于教堂顶部的一块巨大的彩色玻璃，在阳光的照耀下，它能发出让圣徒们顿生敬畏之情的万丈光芒，让人仿佛置身于天国之中，而人们产生这种奇妙的感觉是因为玻璃散发出了独特的蓝色，这种独特的蓝色便是“沙特尔之蓝”！

沙特尔教堂建于1195年。但当旧的沙特尔教堂被一场大火烧掉后，再也没有商人和圣徒前来这个法国的偏远小镇朝拜了，因为他们觉得这是圣母要遗弃沙特尔的暗示。

由于没有了朝圣者的到来，失去经济来源的300多名沙特尔镇民很快被逼到死亡的悬崖边上。此时，一个叫雷诺的主教决定重建沙特尔教堂，而且其规模还要比先前大很多，其目的就是，他要让新建起来的教堂在几百年后依然有吸引圣徒前来朝拜的魔力，以此来解决没有任何其他资源的沙特尔镇民的生存问题。

在雷诺主教的带领下，数十位顶级的石匠师和壁画彩绘大师，带领着全体沙特尔镇民，昼夜奋战，历经66年，耗资10亿美元，最终才将教堂修建而成。由于没有现代的建筑工具和安全帽等防护设备，整个工程中共造成70多名镇民丧命，伤残人数更是超过一百名，雷诺主教也因为积劳成疾，在开工后的第25年便去世了。陆续后继他的5位主教和40多位石匠彩绘大师继续努力，创造出“尖拱”、“飞扶壁 ”等卸掉教堂自身重量的绝妙方法，至今它们仍被广泛采用。

教堂主体完工后，顶部的四周被安装上171块美轮美奂的彩窗，但是中心的主彩窗却必须要与众不同，因为它是连接天国的通道，与上帝之城相连，所以必须调制出一种全新的颜色，才能配得上圣母马利亚的颜色。

接受这项任务的是一位没有留下姓名的彩绘大师，经过两个多月的反复试验，他终于调制出一种神奇的颜色，这便是“沙特尔之蓝”。当涂有沙特尔之蓝的玻璃被安装在教堂的顶部后不久，这位无名大师就去世了，沙特尔之蓝的配方也随之带入坟墓，至今无人知晓。

鉴于教堂创造了当时无数个奇迹，1260年12月14日，沙特尔大教堂揭幕的那天，法国国王路易九世率领众大臣特意从千里之外赶来，亲自主持揭幕仪式，并一本正经地称，这是“上帝之手”的杰作，是“圣母马利亚”的意旨！

之后，朝圣者和商人们又纷纷开始重返沙特尔镇，沙特尔镇重归昔日繁荣。

如今，750年过去了，但每年仍有100多万来自世界各地的朝圣者和旅游者们赶到沙特尔镇，一睹大教堂的雄伟容颜。

人们最想看，也一定要看的便是教堂中心顶部的沙特尔之蓝，但在这之前，所有的人都必须要走过一段漆黑的“苦径之路”，然后才能到达教堂的中心，抬头目睹到上方“沙特尔之蓝”发出的光芒，感受身处天国之中的奇幻感觉。

据说，这个“苦径之路”本来是没有的，是在教堂完工后被当时的主教临时加上去的，他似乎是想通过它告诉所有的后来者，在沐浴天国的福泽之前，必须还要做些什么。

沙特尔教堂当然不是出自什么上帝之手，而是出自人民之手，是人民创造出这个神奇的人间天国，“圣母之莎”没有几个人见到过，但是“沙特尔之蓝”，只要你心怀对那些已然逝去的人民的敬仰，走过“苦径之路”，抬头便能看见。

马布岛的“海上课堂”

世人知道马布岛大多因为它是马来西亚最为著名的“慢潜” 地点之一，然而， 却很少有人知道， 在马布岛的附近，还生活着一群被称为“海上吉普赛人” 的落后族群——海巴夭族，他们都是早期从菲律宾逃到这里的难民。

由于偏安海上，且远离现代文明，海巴夭族世代都只知道撒网捕鱼，男人们终日都在马布岛和不远处的西巴丹群岛上游荡，这里的海中有600多种鱼类可供他们捕捞，而女人们则待在家里喂养年幼的孩子和养护出海的船只。

因为是从菲律宾逃难过来的，海巴夭族人没有马来西亚的国家公民权，也就无法享受马来西亚国民待遇。作为“海上流浪人” 的他们， 一辈子都无法享受到马来西亚所提供的教育权利，他们从没见过学校，划船去最近的学校也要花上一上午的时间。由于没有受过任何教育，这里的很多人甚至都不知道自己多大岁数。贫穷落后以及愚昧无知对于海巴夭族人来说是常态。

2001年，一个叫阿齐兹·沙姆斯的马来西亚“80后” 小伙，利用大学暑假时间来马布岛潜泳，当他得知海巴夭族的儿童从出生到死，终身都无法享受教育权利时，感到非常震撼和不平。返回学校后，阿齐兹便立即给马来西亚教育部写信，希望政府能在马布岛附近建立学校，好让整天游荡在海面上的学龄孩子们有书可读，有学可上。但遗憾的是，教育部很快就驳回了他的请求，理由是海巴夭族人没有公民权，如果让他们获得教育权， 唯一的办法就是将他们遣返回菲律宾。

政府不愿出力，阿齐兹却没有就此放弃， 他决心依靠一己之力， 让海巴夭族的孩子们读上书。于是，毕业后，阿齐兹便主动放弃了留在吉隆坡的就业机会，来到了马布岛。他先是三天两头地游说西巴丹群岛的旅游管理部门给他一笔赞助费，并且无偿让他住在西巴丹群岛的度假区里。拿到这些钱后， 阿齐兹购买了一艘汽艇船。

从2004年7月起， 阿齐兹每天都驾驶着这艘汽艇船在西巴丹群岛和马布岛之间来回奔走，将课堂开到海上。由于海巴夭族人住得非常分散， 孩子们在海上出行又不便， 阿齐兹只得在岛上设了三个教学点，自己利用汽艇来回教学。

从一开始每个教学点只有几名学生到现在的每个点30多名学生， 阿齐兹的“海上课堂” 逐渐壮大了起来。每天， 海巴夭族的孩子们都早早来到各自的教学点， 等待着阿齐兹的到来， 而阿齐兹也是风雨无阻，从不耽误每个教学点的教学。为了能让孩子们阅读到更多的课外书籍和报刊读物， 阿齐兹还经常抽空去马来西亚一些大城市的废品收购站，淘取一些旧书和过期的报刊。如今， 他在汽艇里建立起一个小型流动图书馆， 那里成了孩子们最爱去的地方。每年暑假时，阿齐兹还会带着孩子们去西巴丹群岛度假区， 打一些力所能及的零工， 目的是让孩子们开阔眼界，看看外面的世界，同时获取一些报酬，以保证“海上课堂”能维持下去。

由于海巴夭族人的生活水平极低，作为一名志愿者性质的老师，阿齐兹唯一能得到的回报就是学生父母们送给他的一串串或新鲜或腌制的鱼类。对此，阿齐兹无怨无悔。

阿齐兹的善良和坚持打动了一位前来度假的纽约女孩罗琳，促使她放弃了在纽约优越的白领生活，并取出所有的积蓄，和阿齐兹一起留在了马布岛。

现在，阿齐兹正和罗琳一起，为海巴夭族能早日获取到马来西亚的国家公民权而努力。2010年年底，面对英国《泰晤士报》记者的突然采访，阿齐兹称：“虽然海巴夭族人过着最原始、最落后的生活，但是我们却不能因此就让他们永远离开当下的世界文明，剥夺他们平等享受教育的基本人权！”

一位“单身母亲”的拒绝

这是一个单身母亲的真实故事。

斯蒂芬·威尔特谢尔是意大利罗马的一名“白痴天才”，15岁的她有着常人无法比拟的超级视觉记忆能力，她能记住世界上所有过山车的位置，以及每个过山车的爬行角度和其他一切情况，只要她去过一次。“看过一眼就都属于她”是所有人对斯蒂芬的评价，她也因此被誉为“一个生活在孤岛上的爱因斯坦”。

为了检验斯蒂芬的视觉记忆力到底有多强，2010年10月的一天，美国国家医学研究院的几名专家特意赶到斯蒂芬的家中，随后，他们雇用了一架直升飞机，将斯蒂芬带到100多米的高空中，再用45分钟的时间在罗马的上空飞行了一圈，并让斯蒂芬记住她在飞机上所看到的关于罗马的一切，又让斯蒂芬用7天的时间将自己看到的罗马，绘制在一张5米长的画卷上。

很快，让专家们大吃一惊的一幕出现了，仅用了3天的时间，斯蒂芬将一幅完整的罗马全景图绘制了出来，其精确程度令人惊叹。城中每个建筑物上有几扇窗户，古罗马广场上有几根圆柱，斗兽场遗址里有多少个现存的座位，穿城而过的台伯河在何处拐了几道弯，拐了多少度，以及每个山丘的起伏幅度，都跟现实中的几乎一模一样。这让见多识广的美国专家们也不禁惊呼，称斯蒂芬“完全就是一部‘实况摄像机’”，其天才水平丝毫不亚于已故的希区柯克、弗洛伊德，甚至是牛顿。

通过进一步研究，专家们还发现斯蒂芬果然符合“白痴天才”的一切特质——能发现和记住别人发现不了的细节和问题，在记忆、音乐、绘画和数学等方面拥有超级天才般的能力，但在社交、语言、自理等方面却如同一个白痴。

为了揭开斯蒂芬大脑内部的构成秘密，专家们约见了斯蒂芬的母亲兼监护人——塔妮莎女士，希望能得到她的许可，让他们对斯蒂芬的脑部进行电子仪器扫描，看看她左右脑到底是如何构架的，内部又是怎么连接的，以找到超级视觉记忆能力的真正原因。

然而，令专家们失望的是，塔妮莎拒绝了。但专家们并没有因此而放弃，他们还是隔三差五地通过电话、上门等方式，试图劝服塔妮莎，并承诺医学研究院的脑部扫描仪器是为斯蒂芬专门研发的，非常先进，不会对她脑部有丝毫的伤害，也不会留下后遗症，但还是遭到塔妮莎的一再拒绝。

可能是为了获取一个权威的爆炸性研究结果，以便提升自身在“白痴天才”研究领域的地位，专家们觉得不能放弃这个大好机会，最后，他们决定给塔妮莎一份不菲的报酬——诱人的200万美金，如果觉得不够，还可以商谈再加。

实际上，塔妮莎非常需要这笔钱，因为女儿在自理和交际上存在着很大的障碍，从斯蒂芬4岁时，她便不得不辞掉原先的工作，帮助斯蒂芬打理一切，更为糟糕的是，在斯蒂芬7岁那年，塔妮莎的丈夫因为酒后驾车，导致车毁人亡，她和女儿斯蒂芬一下子成了孤儿寡母，失去了生活来源，只能靠政府救济，日子过得捉襟见肘。

然而，出乎所有人的意料，塔妮莎这位单身母亲还是选择了拒绝，她是这样说的：“事实上，我并不是担心扫描会对斯蒂芬造成伤害或留下后遗症，让她不再是一个天才，我只是想让她和平常人一样，能生活在自己的世界里，白痴也好，天才也罢，只要她快乐，而不是像一个‘异类’被研究来研究去，这是我作为一个母亲的最大心愿，也是我拒绝的真正原因。”

赢真情不赢真理

我去上海出差，顺便拜访一位多年未见的好朋友，朋友早年背井离乡，来到上海独自创业，现已经是一位身家上亿的企业家。

当天，在朋友家闲聊叙旧时，中途有人开门进来，这是一位和颜悦色，满头白发的老年妇人，朋友忙介绍说，这是自己的老母亲。

从老人的穿着可以看出，她一定是出生于农村，还保持着乡下人简单朴素的打扮。然而，让我惊讶的是，她的手中拿着硬纸盒，还有两个空矿泉水瓶。拿回这些废品做什么？我心生疑问。

却见朋友笑呵呵地对老人说："妈，今天收获不小嘛！赶快放下来歇歇吧。"

只听母亲回答道："悔死了，去迟了一步，一台旧电扇被别人抢先收走了。"

"没事，明天你下去早点儿，兴许还能捡到更好的东西。"朋友安慰道。

很显然，朋友的老母亲在小区里拾废品收破烂。家里经济条件这么好，还需要母亲在外面拾破烂吗？把母亲送回房间后，猜到我的不解，朋友笑着对我解释说："这主要是为了让老母亲高兴。"

朋友说，自己出生在农村，小时候家里很苦，是无比勤俭的母亲把他培养成人的，节俭的习惯已经成为她生命的一部分。当他把母亲接到上海时，母亲发现小区垃圾筒里的很多东西都是很值钱的"宝贝"，于是开始往回捡，房间里、床底下到处都是。

刚开始朋友是坚决反对的，对母亲说，废品不卫生，污染家里的环境，而且丢人。可说了几次，还是不管用，母亲竟开始背着他偷偷地捡，然后将这些废品藏在楼道里的电表房里。因为自己住的是高档小区，很多人丢弃的东西，在母亲看来都是无比珍贵的，完全可以捡回来再用，实在用不上，还可以带回老家给村里的乡亲们用。

朋友说，自己的母亲今年已经70岁了，基本上没有回到乡下的可能了。有一次，他又因为此事狠狠地批评了母亲，没想到，母亲一下子哭了，并嚷着要立即回老家去，中午还赌气不吃饭。

这件事发生后，朋友感到非常愧疚，之后他突然醒悟了过来，自己不是一直说要把母亲接到身边好好儿孝顺她吗？孝顺，不就是以“顺”为孝吗，如果自己都不顺着母亲，让母亲不高兴，那么，孝还从哪儿说起呢？

从此以后，朋友改变了态度，不再干涉母亲了，为了能让母亲高兴，有时，当他回来时倘若看到垃圾筒旁边还有没被人收走的废品，还会主动告诉母亲，母亲一听后，就会乐呵呵地赶紧朝楼下跑，生怕去迟了一步被别人抢去。

朋友还跟我说了一件事。前不久，自己回家时，正好发现母亲跟小区里一个专业收废品的人在争吵。于是，他赶紧下了车，拉开母亲。那个收废品的一看到朋友，立即生气地说：“这老人家是你母亲吧？你可得要好好儿说，她经常跟我抢废品，我每个月可都给小区上缴废品收集费的，你家这么有钱，怎么还让个老人家跟我争抢呀，再这样我可不客气了！”

母亲则在一旁争辩道：“这些废品又不是你家的，谁先看到谁先捡。”

他连忙道歉，支走了母亲，然后悄悄塞了一些钱给对方，让他多担待些，且不要将此事说出去。

没想到，一周后，母亲高兴地对他说：“多亏上次跟那个收废品的辩论了一下，现在，他再也不敢说我这个老太婆抢他的废品了。”

末了，朋友还说出了自己对母亲“妥协”的理解：“其实，在一些无关紧要的分歧上，与亲人之间最好不要争辩，即便真理完全在你这边，因为一旦为此而争辩下去，结果往往是，你赢了真理，却输了与对方相亲相爱的真情。”

一个人的明石海峡大桥

连接日本四岛和神户的明石海峡大桥，是迄今为止世界上最长的一座悬索大桥，大桥中心跨度两公里，是旧金山金门大桥的两倍，其建造的难度也创造了人类桥梁史上之最。光前期的研究和准备工作就用了近30年的时间，施工则用了10年时间，总耗资高达43亿美元。

然而，很少有人知道，迫使日本政府当初做出修建这座耗资空前的大桥的决定，是因为一场渡轮失事和一个死者家属的坚持。

1955年5月11日凌晨5点，一艘载着180多名乘客的“日云号”渡轮，在薄雾中从神户出发，穿越明石海峡，到对面的九州岛上去。不幸的是，6时45分，“日云号”和另一艘渡轮发生严重碰撞，致使168名乘客死亡，数十人受伤。

在这次事故中，61岁的贫民加藤托本失去了他唯一的儿子——13岁的小加藤，这对于加藤托本来说，犹如灭顶之灾，因为他之前患有不育症，小加藤是他好不容易才要来的孩子。

但，就在其他死难者忙于与日本政府就赔偿抚恤金多少展开争论时，加藤托本却做了一件出人意料的事——强烈要求日本政府在神户和日本四岛之间建起一座桥梁，以避免今后类似“日云号”悲剧的发生。

但这个要求，在当时的日本政府看来，简直是天方夜谭，不可能做到，因为明石海峡的平均深度为110米，中心最深处则为160米，而且终年水流湍急，每天都有上千艘船只在海峡里航行，在这样的环境里建设桥梁难于上青天。

更麻烦的还有，如果要建桥，桥身的跨度将要达到两千米才行。而最难克服的障碍则是，日本是一个地震、台风频发的国家，如果在大桥的建造过程中，桥的各个构建还没有连接形成一个牢固的整体时，任意一次较大级别的地震或台风，都能让大桥毁于一旦。

但是，加藤托本却根本听不进日本政府对此所做的符合事实的解释。他认为，只要政府以人为本，下定决心，就一定能攻克不利于建桥的各种困难！因为，解决这些困难要远比避免“日云号”这类灾难的发生更容易。

从此之后，“固执近乎到疯狂”的加藤托本每半个月都要去东京一次，一直持续了四年。他向日本政府反复递交自己的申请书，陈述建桥的意见，其间，他还不断给当时的日本天皇和正副首相写信，弄得他们头痛不已。

不得已，日本政府只好让有关部门做做建设大桥的预算，结果是惊人的43亿美元，在20世纪50年代，这绝对是一笔巨资。得知这一消息后，加藤托本依旧觉得日本政府能拿得出这笔钱，并且主动将自己获赔的4万多美元赔偿抚恤金全部捐赠出来，作为大桥的第一笔修建资金。

最终，日本政府被加藤托本的“固执”感动了，再加上此时四岛的居民要求建桥的声音越来越高，于是在1960年3月日本政府下定决心建桥，并正式组建桥梁设计队伍，开展先期的技术攻关。同时，应加藤托本要求，政府向已经是65岁的他写了一定建造大桥的承诺保证书，首相岸信介亲笔在上面签字。

直到此时，加藤托本才长长地出了一口气。三年后，他含笑长逝。

老人去世25年后，所有技术难题都被攻破。1988年5月，明石海峡大桥正式开建。

1996年9月18日，明石海峡大桥正式合龙，这天距离“日云号”失事整整41年。在当天的合拢仪式上，大桥的总设计师北川臣说了这么一句话：“这是为完成一个老人的无私心愿而建起的一座前所未有的丰碑！”

现在，每天有2.5万辆汽车通过明石海峡大桥，极大地方便了四岛上的居民。而当年“日云号”的事故再也没有重演。

圣母大教堂的神魂为何能犹在

德累斯顿是德国东北部易北河上的一个重要城市，整座城市的建筑都是巴洛克风格，优美无比，因此，它曾一度被誉为“世界建筑宝库”。

然而，第二次世界大战却将这座“建筑宝库”摧毁得面目全非，1945年2月13日至15日，同盟军向德累斯顿投下了3 900吨烈性炸药，这场持续了两天的空袭造成3.5万德累斯顿市民丧生，更让德累斯顿75%的建筑遭了殃。

其中，最令人心痛的是德累斯顿最美的、也是最具城市标志性的建筑——圣母大教堂在这次空袭中，被炸得只剩下一个框架，凄惨地站在那里。

这是一场极具争议的轰炸，外界普遍认为同盟军不该轰炸带有宗教信仰性质的圣母大教堂，这跟德军轰炸同盟国的城市并无二样，同样也是违背了人类的道德伦理。但是，同盟军的理由却是他们认定大教堂里藏有很多纳粹分子的弹药。

二战结束后，德累斯顿被划归民主德国，此后，当权者在苏联的支持下开始强硬推行快速现代化，他们把德累斯顿改修得极具苏联的“贵族气息”，德累斯顿原有的建筑风格基本上都不复存在了。

好在，仍有一部分胆大的德累斯顿市民，他们强烈反对当权者的这种做法，坚持捍卫德累斯顿的历史，他们整日整夜地围坐在圣母大教堂周围，以死捍卫着大教堂，不让当权者有机会接近和摧毁它。

这场捍卫令人难以置信地进行了44年。

1989年，德国重新走向统一。

5年后，也就是圣母大教堂被炸近半世纪后，德累斯顿市政府决定启动圣母大教堂的重修工程，对德国人来说，这不仅仅是历史问题，更是感情问题。

这是一次世上罕见的建筑物重修工程，历时11年，上百万的德累斯顿市民，无论老幼，无论社会名流还是平民百姓，都主动加入这场修复工程中来。为了能恢复原貌，大教堂43%的修复材料都是旧原料，很多石料、木料都是从废墟中找出来的。

最让人感动的是，大教堂圣坛上圣母马利亚的图像是由12 000块碎片拼起来的，这些碎片是市民花了好几周的时间小心翼翼地从被炸毁的废墟中找出来的，然后再一一拼接上。

此外，重修的巨额资金（近2亿欧元）绝大部分也都是他们从全世界“化缘”过来的，包括当年轰炸大教堂的同盟国，这代表着世界人民和德国的和解。

2005年10月30日，圣母大教堂修复工程终于竣工，一座和原先高度接近的大教堂重新屹立在德累斯顿的市中心，“当钟被重新放回教堂，当十字架被再次放上圆顶，现在我才觉得‘二战’终于结束了。”一位70多岁的德累斯顿市民满含热泪地说道。

1714年、2005年，分别是圣母大教堂诞生的两个时间，德累斯顿的圣母大教堂它所承载的痛苦是世界罕见的，同样，它起死回生的重修之路也是绝无仅有的。

今天，德累斯顿圣母大教堂恢弘的气势和壮观的风格在全球建筑中依旧是数一数二的，它的神魂和力量犹在，而这种神魂和力量无疑是伟大的德累斯顿人民所赋予它的。

一个“文化钉子户”的不屈抗争

吉姆·汤纳德是巴西圣保罗市恩菲街上的一个报摊主，多年来，他靠着经营一个4平米面积的报亭，出售各种报纸和书籍来维持一家人的生计，愉快而知足，此外，他还经常热心地为路人指路。

然而，就在2010年的夏天，吉姆却接到了恩菲街城管部门的通知，称街道需要升级改造，他的报亭必须在一周内立即自行拆除！

得到这个通知后，吉姆几乎懵了——自己的报亭一直以来都是有正规营业许可证的，属于合法经营。而且从没有行人说过他的报亭妨碍交通。相反，每天都有许多行人，绕道来他这里购买当天的报纸和杂志，以获取最新的资讯新闻，自己的报亭完全可称得上是这个城市一个重要的信息聚集地。如果报亭拆了，人们到哪里去买报呢？

吉姆越想越觉得自己的报亭不能被拆掉，“整治市容也好，改造升级也好，但不应该把城市整得没有一点儿文化。”面对城管的再次催促，吉姆这样回答道。他的态度很坚决！

吉姆的态度让城管很恼火，他们决定一周后实施强拆。

当很多经常光顾吉姆报亭的人得知报亭将要被强拆这一消息后，都显得非常生气，纷纷加入到捍卫吉姆报亭的行列中，为此，他们还在网上建立了专门的网站和聊天群。并且每天都有五六个人来到吉姆的报亭旁，以阻止城管的强拆。

眼见硬的不行，城管随即又使用了软的手法，他们对吉姆承诺，只要他同意拆报亭，政府将给他2万美元的补助费，并且将给他安排更好的工作，保证收入比现在高。

但是吉姆还是严词拒绝了，他说，自己的报亭是很多人文化记忆的一部分，他们曾经在这里买过报刊、书籍，如饥似渴地阅读着它们。此外，随着网络的盛行，像报刊、书籍这样的纸质媒体已经越来越萎缩了，政府此时做的应该是挽救和保护出售报纸、书籍的报亭，而不是终结纸质媒体的阅读和人们的文化记忆！

“文化空间的消失将是恩菲街的最大悲哀！”、“城市本身就是文化的产物，而不是经济增长的机器！”随后，捍卫者们在吉姆的报亭旁打出这样的条幅，一下子引来了巴西众多媒体的关注，在媒体的推波助澜下，圣保罗民间刮起了一股“反对只要经济发展，不要文化繁荣”的旋风，人们向圣保罗政府大声呼吁：“城市的发展和进步更应该注重人的文化体验和感受！”

圣保罗的一些研究城市规划和发展的专家们此时也纷纷站出来，通过媒体批评恩菲街主管部门的做法：“他们对城市的理解有巨大的偏差，片面地认为城市的价值只在于创造财富和GDP，这是非常荒谬的，必须更正！”

在巨大的社会舆论的压力下，2012年2月，恩菲街城管部门的负责人不得不向吉姆公开道歉，并且承诺，不仅不会拆除吉姆的报亭，相反还会免费将其改造装修一番，使其变得更宽敞，更美观一些。

圣保罗最具影响力的报纸《圣保罗州报》这样评价吉姆·汤纳德：“他不是钉子户，是文化捍卫者！”

她的巴西电视剧

巴西是一个多种族的南美国家，在近2亿的人口中，有一半以上是非洲后裔，而他们又多是黑人或棕色皮肤。

虽然，巴西政府一直为消除种族歧视而不断努力，但种族主义的思想在一些巴西白人的头脑里依旧是根深蒂固，这也使得巴西的黑人在现实生活中有意无意地遭遇到偏见和不公的待遇。

52岁的希科·席尔莉便是巴西的一名非洲后裔。这名住在贫民窟的普通的老妇人，平日里主要是帮助儿女料理家务，看护看护孙子。空闲时，她唯一的爱好就是看看电视，也正是由于爱看电视的缘故，让席尔莉慢慢发现一种很不正常的现象——作为巴西影响力最大的电视网络——环球电视台，在或明或暗地歧视和排斥黑人！

席尔莉发现，在环球电视台所播放的所有新闻和电视剧中，几乎80%以上的内容都是关于白人的，而且所有主持人也都是“清一色”的白人！

细心的席尔莉还发现，黄金时间里环球电视台所播放的电视剧里的主要演员也全是白人出演的，偶尔也有黑人的角色出现，但是比没有更糟糕——他们要么就是出演司机，要么就是保镖，要么就是用人，要么就是流浪汉……总之都是扮演一些在白人看来很“低贱”的小角色。

这不符合巴西的种族结构，这是在宣扬种族歧视，是在侮辱和贬低黑人！2006年7月，席尔莉决定为此申诉，控诉环球电视台。但是，席尔莉的申诉却被法院一再拖延。环球电视台甚至派人要挟席尔莉“不要再闹下去了，否则让你横尸街头”！并且又解释称：“这是剧情的需要，是巴西主流观众的需要。”

面对威逼，席尔莉一点儿也不害怕，她强烈地回应道："你们违背了《巴西反歧视法案》，必须停止下来！"而环球电视台则坚称："这只是电视娱乐的需要，不是现实生活。"

为此，一时双方僵持不下。

2010年4月，席尔莉终于通过途径将自己的申诉报告递送到时任巴西总统卢拉的办公桌前。在报告中，席尔莉这样写道：总统先生，我知道您日理万机，平时难得有空看看环球电视台播放的电视剧，但是很多巴西百姓都看，特别是一些未成年的孩子们，环球电视台正是利用了您无暇看电视剧的软肋，暗地里在宣扬种族主义，请您务必纠正此事！

有人利用电视剧在宣扬种族歧视，卢拉大为震惊，亲自回复了席尔莉的申诉，并责令部属立即彻查。

结果，迫于上面的行政压力，环球电视台不得不低头认错，做出整改——黑人演员第一次可以冲破按种族划分角色的不公和壁垒，不再只扮演司机、保镖和用人等角色，他们也可以出演某部电视剧的主角。而在新闻方面，黑人外派记者也可以在镜头里露面，一改以往"只闻其声不见其人"的尴尬，环球电视台有两档收视率很高的栏目甚至也直接由黑人来主持。

而作为环球电视网的总监卡恩勒则因为监督不力，不仅丢了职位，而且还要接受进一步的刑事处罚。

对于自己能扳倒赫赫有名的环球电视网，席尔莉并没有觉得有多荣耀，相反，她觉得这只是一个小小的开始和起步，自己的下一个目标是希望看到更多的黑色和棕色面孔的人成为电视的新闻主播，出演电视剧中的主要角色，甚至是杂志广告。

这是一个贫民老妇人的国家级信念。

比哈佛更难进的以色列军校

跟世界上其他国家不一样，以色列最好的大学不是普通的专业院校，而是国防军队里的精英学校，每个年满18岁的在校学生都必须到部队里服役2年至3年。大家都满怀热情地期待这一天的到来，随时听从国防部精英学校的召唤——他们热切地想成为飞行员编队、侦察队、空降兵、步兵旅和突击队中的杰出一员，接受最精英的训练和培训。

以色列顶尖的精英学校比哈佛、普林斯顿和耶鲁更难进，学生要经过一层又一层的严格筛选，其中最为出名的便是隶属于以色列国防总参谋部的“塔楼”精英军校，塔楼的英译是TALPIOT，意思是城堡的塔楼，在以色列象征着至高无上的成就，进入塔楼学习的学员们除了要具备独立指挥作战的本领外，还必须具有超强的军事科技创新能力，学员需要经过长达42个月的专业精英训练并通过所有考试才能毕业。

首先，以色列中学生中只有1%的学生（900名左右）会被送去参加塔楼的选拔，然后接受心理和智力测试，最后能通过测试的只有10%，留下的这些学生还要接受为期两天的人格和能力集中测试，最终只有大约60%的人能被塔楼正式录取。

其次，一旦进入塔楼，这数十名学员会加速取得物理或数学和创新专业的学位，他们会了解到以色列国防在军事上的各种技术要求，接受到的培训远远超过以色列乃至世界其他国家普通的大学生，他们需要在极短的时间内掌握更多的东西，尤其是创新变通能力，还要精通各种领域，而不仅仅在某个专业上的极致追求。目标是把自己培养成一个能够解决实际作战问题的导向领袖。

为了达到这一目标，学员们在塔楼需要不断接受新的任务，比如，将远程通信网络放入一个恐怖分子的手机里，以便于随时监控对方。

最后，如果学员能在三年中顺利通过各种考核，就能成为真正的塔楼精英，这个称号将为他们带来许多威望和声誉。

从塔楼毕业后，不到25岁的他们每人手下都会有100名士兵、20个军官和小队长、4辆车，还有冲锋枪、炸弹、手榴弹、地雷等武器，能独立指挥完成诸如解救人质、反恐和野外军事打击的任务。

让一群20多岁的小青年独立带队伍，这在全球是绝无仅有的，压力之大可想而知。但是众多事实证明，这群塔楼小伙子从来没有让人失望过，每次都能出色完成任务。例如，在2006年的黎巴嫩战斗中，一个22岁的直升机驾驶员，奉命深入黎巴嫩南部解救一位受伤的战士，但当他飞到的时候，却发现要救的那个战士躺在浓密的灌木丛中，飞机无法正常着陆，即使悬空也无法充分接近地面。没有课本告诉他该怎么办，但是他做到了，他用飞机螺旋桨将周围的植物全部割倒、削低，然后将战士救走……

在过去30年的时间内，仅有300多名学员成功从塔楼毕业，成为以色列乃至全世界最优秀的人，其中2/3的人在离开军队后在社会上取得了巨大的成功，他们中的许多人甚至是世界知名品牌的总裁或副总裁。

从塔楼里走出来的以色列人，在很年轻的时候就已经获得足够的经验，因此他们的心智和生活与世界上其他国家的同龄人已经完全不同了。这也便是为什么在过去60多年间，以色列虽然遭受了7次军事攻击，在处于层层外交和经济封锁之中，依旧能蓬勃发展、创造奇迹的重要原因。

终有一天会走上大路的

中国乐坛上最不该被忘记的一个人，可能就是大师黎锦晖。作为中国儿童歌舞及现代流行音乐的奠基人和先行者，黎锦晖一生致力于为普通大众谱写歌曲，编排舞蹈，并将歌舞文艺推向底层人民的事业中。黎锦晖的一生中有两件事最值得称道，同时也是最不为当下人所熟知的。

第一件事便是创作出被几代中国人当成珍宝的《老虎叫门》（又名《小兔子乖乖》）等经典不朽的儿童歌曲。“小兔子乖乖，把门儿开开。快点儿开开，我要进来。不开不开我不开，妈妈不回来，谁来也不开。”等耳熟能详的歌曲被无数怀中抱着婴儿的母亲唱起。

20世纪20年代的中国音乐，都以西洋音乐为主，唱中国人自己的歌甚至会被人笑话。但小学老师出身的黎锦晖，却深知这期中的巨大悲哀，他常常在课间休息的时间，站在窗台前，默默看着孩子们在玩耍，但却听不见一首有趣动听的儿歌来，更看不到一段优美的儿童舞蹈。于是他便暗暗发誓一定要为中国的孩子们写些真正充满童趣，又符合他们心理的儿歌，为他们编一点儿展示天性的舞蹈。黎锦晖坚信推广普通话最好的方式就是从唱歌开始，尤其是儿童唱儿歌。

黎锦晖开始为儿童写歌，这些既充满童真童趣，又朗朗上口，符合儿童天性的歌曲开创了时代先河。《麻雀与小孩》《葡萄仙子》《月明之夜》等歌舞开始流传，开启了中国儿童歌舞走向现代化的序幕。

这期间，黎锦晖曾被民国政府教育部邀请参与《小学音乐教材》的编写工作，但黎锦晖却极力反对将音乐教材里的儿童歌曲全部西洋化，因此很快被取消了“编委”一职。

此外，由他填词谱曲的歌声也走进中国的底层社会，被称为是“旧中国未有的新文化”，《可怜的秋香》《寒衣曲》口口相传，几乎传遍全中国的所有乡村小镇。

第二件事则是黎锦晖对有音乐潜质的年轻演员和歌手们的栽培。1931年，聂耳考入黎锦晖的音乐歌舞班，但此时聂耳的音乐基础并不好，甚至连音准都把握不住，黎锦晖就帮聂耳弄了许多注音字母，让他随时带在身边，叮嘱他一有空就练。黎锦晖还经常邀请聂耳来自己家“加强营养”，常常与其彻夜交谈。老师的言传身教和不弃不离，让聂耳进步很快。可以这样说，如果没有黎锦晖，也就不会有后来的聂耳和由他作曲的国歌。

黎锦晖所创办的明月歌舞团，打着平民音乐的旗帜，四处演出，甚至是出国表演，让演员们有充分展示和锻炼的机会。由于歌舞团入不敷出，黎锦晖就拿自己的稿费和其他收入来补贴。作风正派的黎锦晖，毫无私利，他对团员们既关心爱护，又允许她们随时离开，去更好的地方发展。有人多次劝他跟歌舞团里的演员们签合同，但都被他断然拒绝了，他说：“我不是在做买卖，她们能成材便是我最大的快乐。”中国第一代歌星周璇、王人美、白虹等人都是从明月歌舞团走出来的。

黎锦晖一生都致力于推广和传播真正能被普通大众接受和喜爱的歌舞，几乎是散尽他所有的稿费和收入，但是却一直没有被当时的传统音乐界所肯定，他创作的很多歌舞，刚开始甚至都由他的女儿来表演的，之后才能慢慢流传开来。他所创作的、被后人称为中国第一个时代流行曲的《毛毛雨》和只要有华人的地方就能听到的《桃花江》等歌曲，在当时甚至被指为“靡靡之音”。

对于各种否定和批评，黎锦晖从不回应，也从不曾说过自己是一名音乐家，他说：“将来明白的人多了，自然会有人替我说话。到时，中国的大众文艺一定会从大地里破土而出，茁壮成长的，终有一天会走到大路上的。”

自请纠客的戴尔

作为全球最大的电脑直销品牌，戴尔电脑的品质一度曾经遭到过顾客的严重质疑。一天，有一名叫贾维斯的用户在自己的博客上，发表了一篇名为《戴尔去死》的博文，贾维斯在该文中义愤填膺地控诉自己买回的戴尔电脑所存在的诸多问题，如机体总是发热、容易死机等毛病，虽反复修过多次，但依旧还是没能彻底解除。失望至极的贾维斯最后这样写道：“让‘戴尔’赶紧去死吧，我受够了！”

但由于贾维斯的博客影响力并不大，因此《戴尔去死》并没有引起很大的关注。

然而，巧的是，事隔一个月零五天，这篇博文竟被戴尔公司的董事长迈克尔·戴尔先生通过搜索引擎无意间检索到。迈克尔·戴尔立即叫来了公司售后服务的负责人。该负责人称，贾维斯所言的确是事实，但是他又坚称，贾维斯电脑所出现的问题只是个别现象，跟他本人使用不当有很大的关系，因为贾维斯本来就是一个“菜鸟”级用户。

迈克尔·戴尔听后非常生气，他反问：“如果用户中出现越来越多像贾维斯这样的‘菜鸟’怎么办？难道我们就只能推卸责任吗？”

之后，迈克尔·戴尔亲自乘飞机赶到贾维斯所在的城市，并专门约见了他。见面后，迈克尔·戴尔真诚地向贾维斯道歉，承认了公司的产品质量有问题，并且承诺一定会努力，早日提高戴尔电脑的质量。

公司总裁亲自飞来见自己，这让贾维斯非常感动，感动之余，他也向迈克尔·戴尔透露了另一个信息——自己已经于半月前开始在网上收集对戴尔电脑的各种抱怨和不满，结果汇总起来有很多，他本来打算下个月把这些内容都提供给媒体，并发布到一些有影响力的网站上去，但现在决定不这样做了，而是全部免费送给迈克尔·戴尔本人！

当迈克尔·戴尔看完贾维斯搜集起来的足足有近5 000条各类抱怨和不满后被吓出一身的冷汗——公司之前一直以直销这种销售模式为重心，不想却因此忽视了产品本身的质量以及售后服务，导致越来越多的用户不满意，而对此公司却并没引起足够的重视，这些抱怨和不满一旦被集中披露出去，必将给公司致命一击！

更让迈克尔·戴尔没想到的是，贾维斯还向他提出了一些改进戴尔电脑的个人建议，比如，最好能延长电池的使用寿命，在黑暗中让电脑键盘能够发光。这也让他明白了一个道理："我们绞尽脑汁都无法想到的，顾客却能轻易地帮我们想到。"

回到公司后，迈克尔·戴尔迅速专门成立了一个追踪关注戴尔电脑用户博客的团队，为那些在博客或其他网络媒介上发布对戴尔不满的顾客提供客服的技术，帮助他们解决电脑使用过程中出现的各种问题。

同时，受贾维斯建议的启发，迈克尔·戴尔又创办了一个戴尔电脑创意风暴网站，所有戴尔电脑的用户都可以在该网站上发表改进提高戴尔电脑的建议，然后由用户投票，票数高的，将被采纳，并将有重奖。结果，网站仅仅开通5天就汇集了1 000多个创意，产生了122 388次投票。一年后，用户总共提交了8 900个创意，投票高达620 008次，最终，戴尔公司采纳了其中20个创意，包括配置XP系统、去掉电脑里的自带软件、减少塑料包装等。截止到2011年年底，戴尔在网站上共吸引了210万粉丝，在该网站上与顾客的接触也为戴尔公司带来了890万美元的销售额。与此同时，关于戴尔电脑用户的负面影响的网络文章开始大幅度减少。

善于倾听顾客的声音，发现微小问题，并积极与他们互动，让用户主动参与进来，帮着公司提升进步，这便是戴尔公司及其迈克尔·戴尔本人的危机解决之道。

公交乘客逼停车载电视广告

尔曼是德国不来梅州的一名经理。虽然家里有车，但由于他是一名环保主义者，所以很少开车去上班，而是坚持每天乘坐公交车。他觉得这样很好，一方面人很轻松，另一方面还能收看到公交车载电视播放的早间新闻。

但是，从2011年9月的某一天起，赫尔曼突然发现公交车里的车载电视，不再和往常一样播放早间新闻了，而是改成播放商品广告，一个接着一个，反反复复，这让赫尔曼非常不习惯。

这些车载电视广告中，一条银行推销信用卡的广告让赫尔曼非常不满。广告中，一名四五岁的小女孩跟着爸爸一起外出散步，当他们路过一家快餐店时，小女孩就再也走不动了，她想进去吃汉堡。但是，爸爸却面露难色，因为他出门时忘带现金了，女孩子马上奶声奶气地说："那我们就办张免费的××信用卡吧，刷得越多，积分就多，年底还能兑换芭比娃娃呢！我们班许多小朋友的爸爸都帮他们办了！"爸爸听完后，愉快地答应了，父女俩去附近一家银行办了一张××信用卡，然后高高兴兴地走进了快餐店……

赫尔曼觉得这条宣传广告是在误导消费者，特别是孩子们，让他们误以为"寅吃卯粮"是明智的举措，聪明人都应该这样干，而对使用信用卡的负面效用却只字不提！

赫尔曼迅速找到公交公司，要求撤掉这条广告。但公交公司却觉得赫尔曼的要求非常可笑。他们称，这仅仅是一个创意策划广告，在其他国家早就有了，如果你觉得不好，那么干脆戴上耳机，闭目养神，没人逼着你非去看这条广告，更没人逼着你去办信用卡！更何况，公交公司已经跟银行签订了一年的播放合同，要是违约不播，将要付出一大笔违约金！

虽然被公交公司不客气地拒绝了，但赫尔曼没有罢休，他决定诉诸法律——直接把公交公司告上地方州法院。

在法庭上，赫尔曼和律师要求公交公司做到立即停止播放银行推销信用卡的宣传广告，并在半年内陆续停止广告的播放，并恢复播放早间新闻。

对于这两项要求，赫尔曼是这样解释的："欧美的金融危机和经济不景气，很大程度上是因为许多欧美国家提倡使用信用卡，提前消费情况增多造成的。德国虽然受伤较浅，但也应引以为戒，注意适当储蓄，而公交车上的信用卡广告显然与此背道而驰，是在煽动人们提前消费，这种消费观一旦在孩子们幼小的心灵里播下种子，那么，德国还能在下一场金融危机中继续'受轻伤'吗？"

对于第二条要求，赫尔曼称，主要是考虑公交公司已经和广告公司签订了播放合同，允许再播放半年主要是为减少公交公司的损失。但他又严肃地说："作为公共服务的公交车，已经有政府的专项资金扶持，因此不应该再继续播放商品广告从中渔利。更何况，乘客都是掏钱上车的，因此就有维护自身的合法权益的权利，公交车上播放广告是不道德的无礼行为，让其停播是正当合理的诉求！"

可能是自知理亏，在当天的法庭上，公交公司并没有派人前来应诉。

经过休庭后，陪审员和法官慎重商讨的结果是，赫尔曼获胜，公交车公司必须无条件地停止在车内播放商业广告的做法，并在公开场合向乘客赔礼道歉！

赢得官司的赫尔曼在接受不来梅媒体的采访时称："司空见惯的存在并不表示就是合理的，一些人就是看透了人们懒得去维权和争辩的心理，将不合理的事情合理化，让人们在习以为常中忘记了真理和胜券其实是握在自己的手中。我就是想通过这件事唤醒人们：和不合理斗争到底！"

一封平信搞垮一个邮政局长

汤普森是以色列耶路撒冷的一名60多岁的退休老工人，因为平时比较清闲，老人便开始定期给生活在乡下的亲戚们写信，询问他们和老家的近况，以解思乡之情。

可慢慢地，老人便发现自己邮寄出去的信件，总是会有那么几封亲戚们收不到。老人觉得信件一定是在投递过程中被弄丢了。但一开始，汤普森觉得这可能只是一次意外，不会一直持续下去的，因此并没对此事深究，补救的方法便是自己再重新写几封。

但丢信的事情发生的频率越来越高，在接下来的半年时间内，老人一共寄出14封信，结果却被弄丢了4封，丢失率高达近28%！

老人决定去耶路撒冷的邮政总局去查，但却被对方告知因为他邮寄的是平信，而不是挂号信，因此邮局根本无法查出信件究竟是在哪里出现了问题，更无法查到它如今的下落。

邮局还振振有词地称，耶路撒冷每天像汤普森这样寄出的平信有成千上万封，他们不可能保证每封信都不丢失。而且邮政条款上也没有帮寄平信人查找信件下落的规定。要想信不被丢失，或查找它们，就得寄挂号信，但同样一封信，同样的路程，挂号信的费用却是平信费用的4倍。

对此，汤普森非常不认同，他觉得邮局的这种规定完全就是霸王条款，平信和挂号信都是信，为什么有如此大的差别？而邮局的答复则是，平信邮寄收费低廉，只能是这样的待遇。

此后，老人曾先后数次去耶路撒冷邮政总局反映此事，要求对方整改，还他一个通畅、准确、安全的邮寄信件的权利，但均遭言辞拒绝。

无奈之下，2011年年底，老人决定将邮政总局告上耶路撒冷地区法庭，要求邮局对屡次把自己的信件弄丢一事道歉，并且保证此后类似的事情尽量不再发生。为了区区丢失的几封无关紧要的平信，居然要告邮政总局，这件前所未有的事立即引起了以色列主要媒体的关注，他们纷纷在开庭的当天，派出记者前去采访。

在法庭上，律师转达了汤普森老人的不满和控诉："平信同样也是付过费的，既然邮局收过了费用，就必须保证平信能准确无误地投递到位，这不仅是商业原则，更是邮局最基本的职业道德和工作准绳！"

对于邮政总局称可以邮寄挂号信的反驳，汤普森老人是这样回应的："对于一个靠退休金生活的老人，如果每封信都挂号的话，那么一年下来将是一笔不小的开支，这无疑是在变相地抢自己口袋里的钱，让自己生活更加艰难。而自己正是因为生活不富裕，才选择了写信这样传统廉价的方式，而不是眼下流行的电话、网络等交流方式。"

汤普森合情合理的控诉赢得了在场媒体记者和其他旁听者的一片掌声，最后法院宣判老人胜诉!

此事经以色列媒体大篇幅报道后，耶路撒冷邮政总局局长随后便因为工作失职而被撤职，新上任的局长亲自上门拜访汤普森老人，聘请他成为邮局的有偿监督员，来监督邮局的工作!